KB143406

오래된 젊음

어매권 점음

초판 발행 2019년 12월 11일
지은이 시계문학회

펴낸이 안창현 펴낸곳 코드미디어
북 디자인 Micky Ahn
교정 교열 오재령
등록 2001년 3월 7일
등록번호 제 25100-2001-5호
주소 서울시 은평구 갈현로 318-1
전화 02-6326-1402 팩스 02-388-1302
전자우편 codmedia@codmedia.com

ISBN 979-11-89690-24-3 03810

정가 10,000원

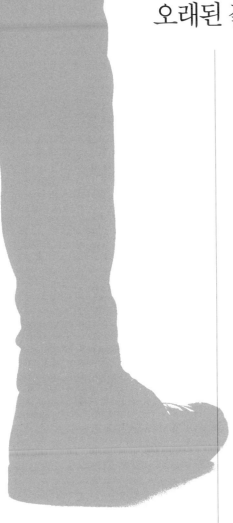

시계문학 열두 번째 작품집

오래된 젊음

회장 인사

봄이 왔다고 화들짝 웃던 목련꽃, 진달래꽃, 개나리꽃
씨앗이 발아되는 글밭에서 성숙해진 몸맵시로 여름을 부르고 있습니다.
우리들의 타오르는 열정은 여름의 빛살만큼 뜨거웠습니다. 하여,
시계문학은 황금비단 밟고 찾아오는 만추의 알곡,
열두 번째의 동인지를 출간합니다.

시작은 손끝에 있었는데
만질 수 없어 어둔 밤이 밝아오도록
시문(詩文)앞에서 기도하던 문우님들
잊을 수 없어 다시 어루만지고
끝낼 수 없어 토닥이든 시상(詩想)
하얀 종이 위에 떨어진 사리가 된 작품
여기 우리들의 마음을 내어 놓습니다.

창작의 산고를 한권의 책으로 엮으며 문우님들의 열정과 협조에 감사를 드
립니다.
어느 날, 오늘이 있었음을 감사하며 끝까지 좋은 작품 많이 쓰고 행복한 문우
님들 되시기 바랍니다.
따뜻하게 우리들을 다독이고 이끌어 문인의 자리에 앉을 수 있게 하신
지도교수님에게 진심으로 감사를 드립니다.

시계문학회 회장 **최완순**

아름다움을 드높이는 문학

지연희(시인, 수필가)

시계문학회는 신세계 경기점 문화아카데미 시 수필창작수업 반에서 시작된 문학동인 모임이다. 12년 차의 회원들로부터 신입회원들까지 활발한 창작 활동에 여념이 없는 멤버들은 시간이 흐를수록 성숙해져 그 내공의 튼튼함을 엿보게 된다. 시계문학은 무엇보다 초대회장을 비롯한 역대 회장들의 돈독한 애정으로 오늘에 이르렀다고 생각한다. 그렇게 12년간의 문학 활동은 문단등단의 기회로 이어지고 현재 상당수의 회원이 시인, 수필가로 지역 문단뿐 아니라 중앙문단에서 주목을 받고 있다.

시인은 자신만의 특별한 시안(詩眼)을 지녀야 한다. 남이 바라보지 못하는 폐쇄된 공간의 작은 티끌 하나를 발견하여 세상에 드러내는 고독한 술래자이면서 외로운 장인이다. 오직 자신의 생각에 포박되어 영혼의 그림자를 언어로 깁는 시인들은 '가장 아름다운 것의 아름다움을 드높이고 가장 추한 것에다 아름다움을 더해준다'고 했다. '너무 옷을 두껍게 입은 맹목(盲目)에서 발가벗은 영안으로 옮겨가는 운동'이 시인이 감당해야 할 덕목이라는 것이다.

가까운가 하면, 먼 거리에서 손짓하며 가물거리고 있는 시의 영매에 접신하기 위해 지난밤 부서뜨린 온갖 고뇌의 파편을 생각한다. 세상 속에 새 생명 하나를 탄생시키는 일이 한 편의 시다. 순백의 백지 위에 세상에 없는 꽃을 피워 올리는 일이 시인의 일이다. 언어로 그림을 그리는 경이로운 이 사건을 사람들은 시인의 노래라고 말한다. 이 같은 노래는 어지러운 세상을 고요하게 하고, 아픈 사람들의 가슴에 국화꽃 향기를 피워주는 아름다움이다.

Contents

Contents

탁현미

떠도는 바람처럼,
무심히 흐르는 구름처럼
자유로운 영혼으로 살고 싶다

약력

서울 출생. 계간 『문파』 시 부문 신인상 당선 등단. 한국문인협회 회원. 문파문학
인협회 회장 역임. 공저: 『너의 모양 그대로 꽃피어라』 『문파문학 대표 시선 집』
외 다수.

단란한 가족

또르르르 또르르르,
아빠 카나리아 작은 목소리로 속삭이듯 노래한다
낮은 나뭇가지에, 화분 뒤에 숨어 있던 아기들
종종걸음으로 얼굴 내민다
식사 시간이다
열심히 밥 먹이는 아빠
날게 퍼덕이며 받아먹는 아이들
일 끝낸 수컷, 또
열심히 밥 먹고 물 마시고
높은 나뭇가지에 앉아 세레나데 한 곡 부른 뒤
알 품고 있는 조강지처에게 밥을 먹인다
날갯짓을 하며 받아먹는다

아빠 카나리아 빨랫줄에 앉아 몸단장한다
토르르르 토르르르 큰소리로 노래하면
졸고 있던 아이들 종종걸음으로 아빠 뒤를 따른다
운동하고 학습하는 시간이다

끈기 있게 둥지 안에 앉아 있는 어미
재잘대는 아이들의 수다 소리에

맑은 눈만 굴리고 있다

나도 한 마리 아기가 되어
그들의 수다 듣고 싶다

그 이름, 콩콩

1. 나는 날지 못하는 카나리아 머리털이 다 빠지고 큰 혹이 나 붙여진 이름 콩콩. 이른 아침 친구들 모두 노래할 때도 졸고 있는 나에게 "콩콩, 일어났니? 어디 있어?" 그 소리에 힘을 내어 콩콩 뛰어가 밥을 먹고 물을 마신다 물에 비친 추한 모습 그러나 언제나 격려해 주는 목소리 있어 힘을 냈다. 며칠째 내 이름을 부르는 소리가 없다 오늘도 양지쪽에 하염없이 앉아 기다린다.

2. 몇일 집을 비운 사이, 양지바른 화분 옆에 잠자듯 누워 있던 네 주검을 보았다 미안함에 흘러내리던 눈물, 아침마다 불안한 마음으로 불러보던 이름 '콩콩' 얼마나 힘들고 외로웠을까? 단풍나무 밑 돌밭에 너의 주검을 묻으며 하늘을 본다 알록달록하게 물든 나뭇잎들 네 무덤을 장식한다.

어찌 할꼬, 인연의 고리

싸늘한 봄날 아침, 나는 또
베란다에 놓여 있는 벤자민 화분에
둥근 구덩이를 파고 있다
깊고 넓게

간밤에 생을 다한
한없이 가볍고 부드러운
노-란 주검 위로 흙을 뿌리며
인연의 작은 고리 하나
떼어 묻는다

빨랫줄에 홀로 앉아 주절대고 있는
인연의 고리 어찌 할꼬

흐르는 물에 하염없이 손을 씻는다

노란 날갯짓의 환청 들으며
쓴 커피를 마신다

又敬堂
임정남

태풍 지난 자리 창문을 열고 보니
구름 듬성듬성 피어오르고 맑은 해 떠오른다.
치장하고 가을 모자 머리에 얹어 쓰고 별도 따고
달도 친구하여 촘촘히 가을 속으로 빠지고 싶다.

시

문밖에 서 있는 그대
무상
눈부시게
그해 겨울
가을바람

약력

경북 영주 출생. 안동교대 졸. 교사 역임. 계간 『문파』 시 부문 신인상 등단. 국제
펜클럽 회원. 한국문인협회 동인지 연구위원. 한국문인협회 문학지 육성교류위
원회 위원. 문파 문학회 회장. 문인협회용인지부 회원. 시계문학회 회장 역임. 제
9회 문파문학상, 제2회 시계문학상 수상. 저서 : 시집 『비로소 보이는 것은』 『낮
달』, 공저 『너의 모양 그대로 꽃 피어라』 『가을 햇살 폭포처럼 쏟아지는데』 『문파
문학 대표 시선 집』 외 다수.

문밖에 서 있는 그대

개울마다 맑은 물이 흘렀고
그 시절 마시던 숭늉보다 더 구수한 차 있었던가

싱그러운 바람이 녹아들고
따사로운 햇빛이 깃드는 봄날
여백 많고 여운이 깊은
음미하면서, 느리고 차분히 문을 두드려 본다

외롭지 않기 위해 오랫동안 책을 읽고
근사하게 당당한 젊은 실버로
문밖에 서 있는 그대

잠이 깬 까만 글씨는
레일을 따라 아득히 세월 속 추억을
별 만큼 많은 지붕을 바라보며
아직 쓰이지 않을 수많은 작품을 빌을 쩍,
그 속의 페이지를 세고 있다

무상無常

병원 가는 날
전철을 타고 달린다 앞에 선
낡은 아지매의 삭은 눈빛을 외면하고
악몽 같은 순간을 기어이 이기고도
참기 어려운 시간을 지켜낸 풍경이지만
즐거움을 앗아간 악들이여

세상 고통과 미움을 넘어, 울 수 없는
언어들을 나열하면서 떨고 있다
자신에게 투명한 농담도 해 본다

내일을 믿다가 40년이 지난 오늘 진달래처럼 웃어도 본다
잠시 배불러진 나에게 들풀 같은 편지도 쓴다
연잎 같은 이파리 위에서 무심하게 욕망의 옷을 입는 자들에
태만이 흘러넘치는 세상, 비명소리 여기저기서 들린다

문득
자기 앞에 놓인 낙엽 같은 인생을 바라보며
존재는 끝없이 변화한다고
쓸쓸한 연애도 진화의 역사를 쓰고 있는 중이란다

눈부시게

창밖에 떠돌던 미세먼지
다 어디로 갔을까
오늘 아침 저 빛나는 햇살들은
폭죽처럼 마구 터지고
투명한 햇살 받아 사진도 찍는다
풍성한 손길을 마주하면서

호 호 거리면서 다람쥐와 뛰놀던
뜨거웠던 지난 시절 이야기가
누구의 가슴에도 아니올 수 없는
익은 그 바람만 쏴 – 하고
고목 같은 텅 빈 마음에도 설렌다

눕고 일어나고 절망하고 희망하면서
아무것도 아니면서 전부인
기다려지는 마음, 올 것만 같은

바람 소리, 차 소리
비행기 소리에 끌려다니면서
하얗게 설레지고, 다시
맥 빠진 모습 끝도 없이 그냥 기다리고 있다

그해 겨울

설레는 가슴 안고
흰 눈 소복히 쌓인 그 넓은 마당 집이
나지막한 작은 집이 되어
헤집고 들어선 고풍스런 마루는
먹빛이 되어 하얀 먼지만 가득하였습니다

그림 같은
얼굴은 고독했지만
한밤중에 박꽃 같은 웃음으로
솔꽃 같은 향기 날리시던
우리 아버지!
자연 속에서 행복했던 젊은 날을
문득문득 되돌아 다듬이질하셨습니다

풀벌레 같은 자식들은 바쁘다고
부모 생각 잊고 살던 시절
오지도 않는 시집 간 딸 기다리며
잘 익은 홍시 까치집에서 겨울을 나고
이제나 그제나 샛문 열어 놓고
먼 - 논둑길 눈 아프게 내다보시던

별일 없는 죽음이 있으랴마는
비극의 감정을 마음껏
낭비할 때도 있습니다
어두움 속에서 반짝이고 있지만
벌써! 아버지 나이 다 따르니
이제야 고독을 알 것 같은 마음들

그해가 가고
다시 찾아볼 수 없는 우리 아버지
겨울의 눈동자만 껌벅이고 있습니다

가을바람

창문을 열었더니 벌써-
목소리 낮추 귀뚜라미 소리에
기분 좋게 불어오는 가을이 눈앞에
도착해서

어쩌면

봄부터 바쁜 가을맞이를 준비하는 것인지도-
어느새 더 높아진, 파란 하늘을 쳐다보며

살다 보면 그곳이 그리운-
노다지 같은 황금 냄새가 날리는-
보리밭 너머 눈웃음 주고받던 -

첫눈에 반해버린 그 사람 따라
음지에서 잠든 동안 그제야 눈을 뜨니
긴장이 우물 속 두레박처럼 떠오르면서
하! 벌써 나의 가을이 지나가고 있었다

이순애

세월의 파도에 요동치는 단풍도
지난날은 아름다웠다 말한다.

수필

나팔꽃과 거미줄
추억의 귀환

시

가을엔 이런 여유를
오파비니아
곤드레 밥

약력

충남 논산 출생. 계간 『문파』 시, 수필 신인상 수상 등단. 시계문학회 회장 역임.
한국문인 협회 회원. 문파문학 회원.

나팔꽃과 거미줄

바다 밑에서 잠자던 아침 해가 고개 내밀고 미소 짓는다. 바람이 잦아든 틈을 타 밤새 뜬눈으로 집을 지었는지 소나무 밑에 낯선 거미집이 있다. 아기자기하고 수학적 계산이 정확하게 설계되어 지어진 거미집이다. 이슬이 조로롱 매달려 빛나는 모양에 반한 나팔꽃이 거미줄 하나를 움켜쥐고 아슬아슬하게 올라간다. 실낱같은 희망에 목숨을 건 용기. 박수를 보내면서도 가슴이 떨려오고 많은 것을 생각하게 한다.

서너 뼘 올라가면 든든한 거미집에 닿아 황홀한 아침 이슬과도 만난다. 잘하면 소나무까지 올라갈 수 있다. 예쁜 거미집을 발판으로 삼고 큰 소나무 위에 꽃피울 화려함을 꿈꾸는 것일까. 혈기 왕성한 청년 시절의 겁없는 도전인 듯해 마냥 벅차오르는 마음을 다독이며 응원을 보낸다. 바람도 조심스러워 차마 고개 들지 못하고 나팔꽃의 성공을 기원한다.

누군들 높이 솟아올라 곱게 꽃피우고 싶지 않으랴. 소낙비와 태풍이 두렵고 마음의 상처에 먹물을 덧칠하고 싶지 않아 아예 생각조차 해보지 않을 수 있겠지. 나팔꽃도 위를 올려다보며 아찔해 하고 있는 듯하다. 일 분 일 초가 열흘처럼 길고 숨조차 쉬기 어려울지 몰라. 어쩌면 밤이 눈을 뜨고 나팔꽃을 지켜 주리라는 생각을 하며 될 수 있으면 아주 짧은 밤이기를 바란다. 최선을 다할 뿐 운명은 하늘에 맡기지만 나팔꽃의 과감한 용기를 믿어 본다.

하루가 지나고 다시 날이 밝아 왔다. 잠을 설친 눈을 비비고 나팔꽃을 보는 순간 가슴이 덜커덩 내려앉고 만다. 밤에 무슨 일이 있었는지 거미줄을 놓쳐버린 나팔꽃. 떨리는 마음으로 나팔꽃순의 어린 손을 잡아 이끌어 보지만 이미 놓쳐버린 거미줄은 닿을 수 없는 거리에 있었다. 산다는 게 이리도 힘들고 이것이 우리의 삶이니 너무 낙심할 것 없다며 두 주먹 불끈 쥐고 다시 용기를 내며 말한다. 나팔꽃이 싹트기까지 땅속에서부터 눈보라 비바람을 견딘 후에 가슴을 열고 나왔다. 마음의 위로를 어루만지는 손길이 있어 그것을 배운 것이다. 평생을 두고 그 은혜를 잊지 않고 용기 있게 살기로 다짐했다.

나팔꽃은 거미줄에 올라갈 때부터 떨어질 수도 있다는 각오가 서 있었던 듯싶다. 상처가 크지만 용기백배하기로 마음먹는다. 완벽한 성공이란 없다는 것도 깨닫는다. 내가 할 수 있는 것을 하자며 스스로를 위로하고 격려한다. 좌절하지 않고 긍정적인 또 다른 희망은 아픈 과거보다 앞을 보고 가란다. 생을 이끌어가는 것은 안락함이 아니라 고통이며 그 고통 속에 이루어진 삶이야말로 세상 어느 것과도 바꿀 수 없는 참다운 보람이고 기쁨인 것이라며 되뇌인다.

/

추억의 귀환

오늘 밤 추억이 등불을 들고 찾아 왔다. 설레는 잠의 가슴을 마중하려 창밖에 서성인다. 삼월도 하순인데 펑펑 내리는 흰 눈 맞으며 손이 시리다고 조심스레 창을 두드린다. 자박자박 눈을 밟는 발자국 소리,

호호하며 언 손에 부는 입김도 내 귓가를 부드럽게 울리는 다정하고 낯익은 목소리다. 흰 눈 따라 고요하고 맑은 그리움으로 다시 찾아온 내 인생에 대한 추억의 귀환이다.

죽전 살았던 집에 다시 이사 왔다. 늘 하던 대로 땅을 사서 지형을 보고 내가 설계를 구상한다. 집을 짓기 위해 못 한 개까지 일일이 재료와 일꾼을 선정해 집을 지었다. 오년을 살고 세를 준 후 나가서 칠년을 살다가 다시 귀환한 것이다. 언제든지 평생 살 것처럼 집을 짓지만 삼십여 년 동안 건축하며 이사 다니기를 수십 번이었다. 내가 지은 새집에서만 살았다. 이곳에서 이사 나갈 때도 다시 돌아오지 않을지 모른다는 생각을 했었다. 건축이라는 게 몇 살까지 정년이 있는 것이 아니기 때문에 다시 새로 지은 집에서 살 수 있어서다. 개발지를 찾아서 가는 곳마다 둥지를 틀고 정해진 곳에 정착하지 못하는 철새의 고단한 삶이라 돌아온다는 장담을 못 했다.

고향에 돌아온 것이다. 안착하는 데가 살던 집이라는 것에 의미를 둔다. 살던 곳이기도 하지만 걸어서 오 분 거리에 딸 둘과 아들이 산다. 어둠 속으로 나들이가는 바람처럼 이리저리 끌고 다니며 숱한 고생을 시킨 끝에 우리는 한곳에 모여 살 수 있었다. 길 가다 우연히 하나를 만나 아빠 엄마 차 한잔 하자며 커피숍에 들어간다. 또 하나가 지나가다 들어오고 나머지도 지나다 들어온다. 다 함께 만나 서로의 표정이 담긴 정다운 찻잔을 기울인다. 부모나 자녀에게 추억의 귀환이다. 손자들도 자주 만나 시간 가는 줄 모르고 블록을 쌓듯 추억을 쌓아간다. 만나자고 연락하면 금방 모이고 맛있는 게 있다고 올라와 들이밀고 가기도 한다.

젊음을 즐긴다는 말이 있다. 그와 거리가 머언 젊음은 두 주먹 불끈 쥐고 이마에 흐르는 땀을 닦을 사이도 없이 밤낮을 가리지 않고 앞만 보고 달려온 삶이다. 이제 결승선을 통과했다는 마음으로 크고 넓은 보폭으로 땀을 닦으며 뒤를 돌아본다. 시원한 바람을 느낀다. 매주 시골에서의 새소리 벌레 소리 나무의 빛깔과 꽃의 향기를 이곳으로 옮겨와 한 주일의 활력소로 삼는 둥지다. 부모의 발자국을 따라오느라 애쓴 자녀들에게 달빛과 별빛을 나누어 준다. 그들의 도약을 보며 감성을 흔들어 일깨우는 새로운 청춘의 시기로 돌아간다. 이 집을 지을 때만 해도 젊음의 추억이라며 들여다본다.

언제나 시련 앞에서 당당했다. 인간에게 주어진 병명이 삼만 육천 가지라지만 그중의 천분의 일도 안 되는 열 손가락 안에 드는 것이니 감사할밖에. 허리와 목디스크는 삼십 오 년 동안 내 신앙의 반석처럼 따라다니고 있어 어깨까지 아픈 것은 기본이다. 십년을 앓던 심근경색이 악화되어 부정맥으로 또 이십 년이지만 약을 못 먹어 어느새 삼십 년을 그냥 견뎌왔다. 갑상선 양쪽 여포암의 위기를 수술로 넘기고 당뇨가 심하나 위가 안 좋아 약을 절반밖에 못 먹고 지낸다. 배에는 한 뼘 두 뼘씩 되는 수술 자리가 세 개나 있지만 지난 이야기다. 그밖에 잡다한 병명들. 그런 와중에 육십 대 중반부터 공부를 했다. 시련 앞에서 굳이 주저앉을 필요가 없다. 지나가면 추억이 되고 만다. 일어서는 것도 쓰러지는 것도 자신의 의지다.

고난의 길에서 함께 동행해 주신 하느님께 감사드린다. 한 번도 왜 이렇게 아프냐고 원망은커녕 감사만 드렸다. 내가 죽지 않는 것이 이상할 정도인데 모든 것이 그분의 뜻이기에 감사드릴밖에. 하느님의 의만 행하면 나머지는 거저 주시겠다는 말씀 굳게 믿고 산다. 또 그대로 이루어짐을 믿는다. 감사한 마음은 다른 이에게 축복의 위로로 전달된다. 힘들어 쓰러지려는 이들이 나를 보고 위로를 받는 것은 더욱 감사한 일이다.

내 생의 마지막 안식처다. 거미줄 같은 삶의 실타래를 차근차근 풀며 순수의 영혼을 담자. 무명 화가였던 고흐가 화산이 폭발하듯 자신의 삶을 불태워버린 비극을 맞았지만 그의 초상화에는 순수를 담았다. 생명의 아름다움을 혼신을 다해 그려가며 결코 붓을 놓지 않았듯이 몽당연필이라 할지라도 놓지 않기를 희망한다. 늙고 병들었다는 핑계로 꿈을 포기하지 말아야 한다. 지나온 발자취를 돌아보며 아름답던 추억을 되돌리자.

가을엔 이런 여유를

시들지 않는 푸른 하늘
머리에 이고
바람 따라 이리저리
해 저물녘까지 떠돈들
무겁지 않을 듯

끝이 보이지 않는
숲속 헤치고
사박사박 걸어 들어
하늘 가득 와르르 쏟아지는
별을 주어

한 섬 가득 추수나 하는

오파비니아

고생대에 등장한 동물인데
눈이 다섯 개에 코는 코끼리처럼 생겼다는

그 이름은 오파비니아입니다

먹이나 서식지 경쟁에서 공멸했다는 학설이 있어요

놀라운 건

우리 의식이 닿지 않는 바다 깊숙한 곳에서

눈에 보이지 않는 정글 속에서 한 도시를 이루고 있었다는 거죠

눈앞에 나타난 오파비니아, 작은 몸집을 부풀리고

세 개의 눈은 지그시 감고 또렷한 두 눈에 오리발을 내밀고 있어

멀쩡한 인간으로 보이는 게 문제지요

어쩌면 공멸할 때가 되어 우글거리는 독충이 터져 나올까 두렵기도 했었는데

이제는 무법(無法)의 문을 열어 이 도시를 완전히 장악하고 있어

아무래도 오늘은 밤이 낙상(落傷)할 것 같습니다

곤드레 밥

곤드레 나물 밥그릇을 손으로 저으면

먼저 시식하고 날아가는 파리 떼

밥알은 눈 씻고 찾아보아야 했던 때가 있었다

별미라는 이름이 되기까지
사막의 가시나무 같던 곤드레 줄기가
노글노글 노그라져야 했는데

또다시 별미라던 그 시절이 그리워질 때
먼 나라의 이야기가 아니었음을 생각한다

김옥남

詩를 곁에 두고 있어 행복하다.
무심히 시간을 삼키며 오늘도 시어를 찾아 나선다.

약력

경북 안동 출생. 2010년 계간 『문파』 시 부분 신인문학상 당선 등단. 한국문인 협회, 한국문인협회 저작권옹호위원, 한국문예학술저작권협회 회원. 한국문 인협회 용인지부 감사. 문파문학인협회 이사. 수상 : 용인시 문인협회 공로상 (2013), 용인시 표창장(2017), 경기도의회 의장상(2018). 저서 : 『그리움 한잔』, 공저 : 『가을 햇살 폭포처럼』, 『문파시선』 외 다수.

비 내리는 풍경

누에 뽕잎 먹는 소리 닮은
여름비, 내리고 있다

아이, 빗줄기 속에서 발 굴리며
흩어져 사라지는 꽃송이 만들고 있다

빗줄기 밟으며 아이 찾는
엄마 발자국 소리 점점 가까워진다

아이와 엄마의 웃음소리
빗줄기 타고 유유자적 춤을 춘다

비, 멈추지 않아도
소소한 삶의 기쁨 누린다

이별

차마, 놓아버릴 수 없는 시간
따스한 바람이 스며들지 못하는 하얀 벽

바싹 마른 한 줌의 흙, 초점 잃고 헤매는 시선
살아 견디려 안간힘이다

움켜잡고 놓지 못하는 세월
마지막, 구멍 난 폐부에 펌프질을 한다

오랜 시간 잡고 있었던 생명줄
이제 내려놓자, 놓아버리자 하는데

바람의 냄새가 난다
나무 뿌리째 흔들리는 태풍이 다가오고 있다

낮달

태양을 밀어낸 구름 속
낮달, 갈 길을 못 찾고 있다

달음박질치는 시계
무심히 시간을 삼킨다

허거덕거리는 조급한 가슴
머릿속은 박속처럼 하얗다

미로 속을 헤매는 언어들
모래 폭풍 속 헤매고 있다

감기

비바람에 견딜 수 없는
갈 곳 잃은 꽃잎

바람이 일렁일 때마다
거친 숨은 폐부를 찢는다

갈증에 시달리는 나무처럼
축 처져 있는 몸,

휑한 가슴에 슬픔이 차고 있다

시간을 먹고 살 수밖에 없는 몸
흔들리지 않는 디딤돌 만들고

바람을 잠재우기 위한 몸부림
한 주먹의 알약을 입안에 털어 넣는다

쌉싸름한
봄바람이 분다

떫은 감 입에 물고 -

망상 속에 사로잡힌 군상들
먹구름 속에 갇혀 아웅다웅이다

베란다 앞 정원 감나무
파룻파룻한 감, 떨어져 시커먼 멍투성이다

감나무 잎에 붙어 나무를 괴롭히는 해충들
서로를 할퀴며 혀끝으로 가시를 뿜어낸다

떫은 감 입안 가득 물고
우두커니 앉아 조종당하는 줄 인형

말벌 떼처럼 달라붙은 탐욕
언제 터질지 모르는 시한폭탄

희뿌연 하늘
역한 냄새가 진동을 한다

맑은 물에 피톤치드 듬뿍 타서
마시고 싶다

손거울

십년이면 강산도 변한다는데
이번 문예지 원고 송부로 그 많은 세월 10년이 된다.
내게는 뜻깊고 뭔가 감개무량하다.

약력

경북 경산 출생. 계간 『문파』 수필부문 신인상 당선 등단. 대경대 교수. 한양대 겸임교수 역임. (사) 한국문인협회 용인시지부 회원. 문파문학 운영이사. 전 시계 문학회 회장. 숲 해설가. 저서 : 수필집 『울 엄마 치마끈』, 공저 : 『가을 햇살 폭포 처럼 쏟아지는데』 외 다수. 수상 : 제3회 시계문학인상.

울 엄마의 품

비 온 후 산에 오르는데 연초록으로 갈아입은 뒷산은 봄 향기에 온몸이 가벼워진다. 신록 기운으로 콧구멍이 뻥 뚫리고 폐부까지 상쾌하다. 길가에 원추리가 많이 자랐고 활 나물 잎도 가지 끝에 파랗게 보인다. 가끔 미역취가 땅 위에 솟아올랐고 둥굴레 나물이 붓끝처럼 땅 위에 솟아있다. 나물 채취에는 남다른 솜씨가 있었던 울 엄마. 이맘때면 시내 변두리에 방을 얻어 자취하던 나에게 초로에 접어든 약간 굽은 허리에 나물 보자기에 가득히 묶어 이고 막내 아들 자취방을 찾아오는 울 엄마가 나는 기다려졌다.

초라한 자취방을 찾는 사람이 없었는데 엄마는 나에게 가장 반가운 손님이었다. 연락도 없이 학교에서 시장기를 느끼며 돌아오면 엄마가 연탄불에 밥을 해두고 기다리신다. 이때의 기쁨은 아버지 심봉사를 만나는 청이처럼 기쁘다. 부엌에서 가벼워진 엄마를 안고 몇 바퀴나 빙글빙글 돈다. 작은 단칸방에는 풋나물 향기가 가득하다. 그날부터 며칠간은 여러 가지 나물 반찬이 책상을 겸한 나의 두레상에 가득해진다. 두릅찜에다 머위 쌈, 여린 봄나물 무침 등으로 진수성찬이다. 남의 집에 물통을 들고 가는 나를 보고 가끔 심봉을 부리는 우물 집 예쁜 여고생도 오늘은 부럽지 않다. 엄마가 오시면 나는 부자가 된다. 오랜만에 풀어 제쳐진 나물 보따리로부터 뿜어져 나오는 고향 냄새를 음미하며 엄마와 단둘이서 보내는 밤이 포근하다. 전력 사정상 가끔 자동으로 꺼지고 들어오는 희미한 백열등을 켜

둔 채 엄마는 가슴 속 깊이 묻어 두셨던 시집살이 이야기 보따리를 풀기 시작하신다.

엄마가 혼인날을 받아두고 기다리던 어느 날 울타리에서 누가 돌을 던져 계속 감을 따길래 "누가 감을 따요?" 하고 나가 보니 머리를 치렁치렁 땋은 더벅머리 총각 둘이가 도망가는데 그중 한 사람이 자꾸 뒤돌아보면서 도망갔다. 잔칫날 문틈으로 처음 본 신랑이 며칠 전 도망간 감 도둑이었다. 엄마는 깜짝 놀랐다. 후일 사연을 물었더니 아버지는 정상적인 방법으로는 도저히 울 엄마의 얼굴 볼 수 없었고 불타는 순진한 총각의 열정을 참을 길 없어 궁리 끝에 사촌 형과 함께 편법을 사용했노라고 하셨단다. 어른들끼리 혼삿말이 나오기 시작한 그해 봄부터 궁금증이 도에 달한 아버지는 면 소재지에 있는 엄마의 집 근방을 지날 때마다 힐끔거리던 중 단 한 번 나물 보따리를 이고 집으로 들어가는 엄마의 뒷모습만 보고 난 후 앞모습 궁금증이 극에 달하여 몇 달간 기회를 노렸다고 한다. 참 오래된 이야기지만 돌아가신 아버지가 생각나셨는지 혼자서 박장대소하신 후 눈가를 닦으신다.

시집 온 후 가장 힘든 것이 할머니가 곡간 열쇠를 맡기지 않고 끼니마다 쌀을 내어 주시는 대로 밥을 하는 것이 어려우셨다고 한다. 여러 식구들의 밥을 배식하다 보면 엄마 몫은 항상 부족하였다. 엄마 혼자 부엌에서 서서 밥을 드시는데 묵나물을 많이 준비하셨다가 숭늉과 함께 배를 채우셨다. 그렇게 외로운 엄마에게도 도우는 손길은 있었다. 사랑방에서 혼자 식사하시는 할아버지는 엄마를 끔찍하게 아끼셔서 숭늉을 들고 사랑방에 밥상을 물릴 때마다 뚜껑을 덮은 밥그릇에 엄마를 위해 쌀밥을 남겨

두셨다. 엄마는 식구들 몰래 부엌에서 남겨주신 밥을 드시며 허기를 채우셨다면서 서러웠던 그 날이 생각나 눈가를 훔치신다.

몇 번 들었지만 막내가 어려울 때마다 들려 주신 나의 태몽 이야기는 내게 용기를 주었다. 엄마가 산에 가서 채취한 나물을 한 보따리 이고 저물녘이 되어 집으로 돌아오는데 우리 집에 동네 분들이 마당 가득히 와서 부엌에 이상한 짐승이 와 있다고 하며 구경 와 있었다. 엄마가 부엌문을 열고 들어가 보니 땔 나무 더미 사이로 예쁜 곰 세끼 같은 처음 보는 짐승이 기름기가 반들거리며 엄마를 쳐다 보았다는 것이다. 엄마가 "예쁘구나." 하면서 쓰다듬는데 그놈이 엄마 손가락을 꼭 물어 깜짝 놀라 깨니 꿈이었다. 이후 태기가 있었고 엄마는 혼자서 뱃속 아기가 아들이라는 확신을 하셨단다. 이 태몽은 내가 힘들 때마다 이야기하시며 격려해 주셨다. "너는 최소한 온 동네 사람의 칭송을 받는 사람이 될 것이다."라고 하시며 힘을 주셨다. 돌이켜 보면 전쟁 통에 태산 같은 아버지를 여의고 잿빛 세상에 어린 몸으로 희망의 등불마저 가물거리는 절망감 속에서도 "너는 할 수 있어." 하는 격려로 받아 이겨내는 큰 힘이 되었다.

시계 없는 방에는 자정이 되면 통행 금지 사이렌 소리가 골방까지 들리고 자동으로 전등불은 꺼진다. 하나뿐인 베개를 엄마에게 드리고 나는 영한사전을 베고 잠이 들었다. 자다 보니 엄마는 나도 모르게 베개를 내 머리에 고여 주시고 나물 보따리 한 구석을 베고 주무신다. 넉넉지 않지만 초가집 큰방 차지하고 사신 엄마, 힘들게 공부하는 막내의 골방에 오셔서 새우잠 주무시는 모습이 엉성한 부엌문 틈으로 내민 달빛에 드러난 평온

한 얼굴은 지금도 잊을 길이 없다. 들일 하시느라 까맣게 타버린 얼굴에 오시느라 피곤하셨는지 약간 콧소리를 내며 주무신다.

양지쪽에 갓 자란 풋 나물을 한 잎 두 잎 뜯으며 막내가 좋아하는 모습 그리었으랴? 나물 보따리에 이고 자취하며 버겁게 공부하고 있는 막내아들 보러 먼 길 오시던 초로의 그 엄마는 가신 지 오래다. 태몽에서 확신을 하고 이놈만은 잘되리라 믿고 고생을 낙으로 삼고 사셨는데 정작 나는 아무것도 해드리지 못해 뼈저리게 아쉽다. 올해도 지금쯤 엄마 무덤에는 작은 할미꽃 한 무더기 엄마 마음처럼 고개 숙여 피었겠다. 말 없는 구름 한 점 외로운 엄마 친구가 되어 무덤 위를 오고 갈 것이다.

/

자원봉사

자원봉사는 사회 또는 공공의 이익을 위한 일을 자기 의지로 행하는 것을 말한다. 자원봉사자들의 봉사 활동은 보통 비영리 단체를 통하여 하는 경우가 많다. 때때로 이 방식의 봉사 활동은 공식 봉사 활동으로 불린다. 요즈음 지자체를 통하여 자원봉사 활동이 활발히 전개되고 있다. 이 봉사 활동이 대대적으로 우리 사회에 뿌리내리게 된 계기는 88 올림픽 대회를 유치하면서 시작된 것으로 기억한다. 이때는 온 국민이 자기가 가진 재능이나 자질을 세계인에게 내어 놓기를 희망하고 실제로 수많은 봉사자들의 참여로 무난히 올림픽 대회를 치르게 되었다. 이로써 우리 사회에 자원봉사한다는 정신이 뿌리내리게 되었다고 본다.

산골짝에는 아직 새벽안개 내 시야를 엷게 가리는 외길 따라 집을 나선다. 혜화동에 위치한 서울대 병원에서 당일 검진 관계로 공복 채혈을 위해 병원으로 향한다. 내가 제일 먼저 서울 시내로 향하는 줄 알았지만 벌써 삶의 현장으로 향하는 사람들로 첫 버스가 만원이다. 종로에서 갈아탄 버스가 병원이 가까워져 손님이 몇밖에 없는데 남은 손님들 중 나이 드신 할머니 한 분이 안면이 있는 분이다. 자세히 보니 같은 교회 교우이다. 함께 병원 가는 줄 알고 몸이 어디 편찮으시냐고 물었다. 그 할머니는 뜻밖에도 병원에 봉사하러 간다고 한다. 나는 깜짝 놀라 언제부터 다니느냐고 물었다. 그녀는 30년을 다닌다고 한다. 이른 아침 버스를 몇 번이나 갈아타고 봉사하러 근 2시간이나 걸어오신다니 고개가 숙여진다. 할머니는 겸손하게 낯을 붉히며 힘든 것은 없고 즐겁다고 한다.

채혈을 마치고 그분이 봉사하는 데스크로 가 보았다. 데스크 위치가 1층 채혈실과 수십 명의 의사가 포진한 내과 진료실 앞이다. 연세가 있어 허리가 약간 굽은데도 불구하고 작은 의자에 의지하고 안내를 더 충실히 하기 위하여 허리를 굽혀 일어서서 응대하는 모습이 완전 프로다. 30년이란 긴 세월, 몸에 익은, 봉사 자세다. 쉴 새 없이 밀려오는 방문자들을 빈틈없이 안내하는 데 능란하다. 무엇이든지 물어 오면 기다렸다는 자세로 건물 위치와 진료실 안내 등 달변으로 척척이다. 교회에서 확인 결과 70이 넘으셨지만 교회 주일학교 교사를 성실히 하시고 있다고 한다. 그런 훌륭한 교우들과 같이 신앙생활을 하고 있다는 것이 자랑스럽다.

나도 퇴직 후 용인에 정착하게 되었다. 용인에서는 가장 시골에 자리 잡고 있는 산촌, 나름으로 무언가 지역사회에 기여할 수 있는 방안을 모색 하던 중 이웃에 복지재단에서 어린 학생들에게 한자 공부를 한동안 지도하였다. 그 후 지역농협으로 눈을 돌려 봉사를 시작한지가 10년이 넘었다. 노인 상대로 교양 강좌로 주 1시간씩 봉사한 지가 13년이다. 이어서 훌륭한 선생님을 찾아가 서예를 배우면서 이를 다시 전달하는 식으로 서예 강좌를 개설한 지 올해로 10년이다. 가르친다는 것은 단순히 기교만 가르치는 것이 아니고 80세 가까이 닦은 나의 인격과 교양을 최선을 다하여 나누어 보려고 애써 온다. 그러므로 가르친다는 것이 곧 배우는 길임을 깊이 체험한다.

서예는 아버지께서 농사일을 하시면서도 한학을 열심히 익히신 관계로 상당한 수준의 한학자이셨다. 어릴 적 벼루에 먹을 갈아 드리며 어깨 너머로 보며 언젠가는 나도 붓을 잡아보겠다고 생각하던 중이다. 시골에 자리 잡은 지금이야말로 내 인생에 가장 시간적 여유 있는 생활을 맞아 정식으로 붓을 든 지 3년 만에 서예 지도 봉사를 시작하였다. 서예 지도를 시작한 지 8년 차 한국 서예 초대 작가가 되었다. 따지고 보면 상당히 무모한 시작이지만 자원봉사라는 명분 때문에 해낼 수 있었다. 붓글씨를 잘 쓰는 사람은 내가 사는 지역에 있는지 모르지만 자원봉사는 선뜻 나설 사람은 없었다. 근 10년 지도 경력으로 아직 부족하지만 이제는 어느 정도 자신감을 갖고 서예 지도자로 설 수 있게 되었다. 처음부터 자원봉사로 나선 그 용기가 나로 하여금 오늘 이 자리에 서게 되었다.

노인들에게 강의는 강의라기보다는 정담을 나누는 자리다. 가장 연세가 많은 분은 올해 102세. 그분들 앞에서 어려운 이야기는 금물이다. 언젠가 발표한 일이 있지만 나는 그 어른들과 스킨십부터 시작하여 이야기한다. 강의 시작 전 모두 한 사람씩 손잡아 드리며 인사하고 마칠 때도 작별 인사와 함께 손을 잡아 준다. 노인은 밤새 안녕이라 내일을 알 수 없다. 지난 6월 한 달 동안 쉬고 강의실에 들어가니 "선생님 기다리느라 눈이 진물렀다."고 야단이다. 다른 선생님이 출강하셨지만 나처럼 손은 잡아 주지 않았나 보다. 시간을 짧게 하여 지루하지 않게 자료를 준비하여 재미있게 보낸다. 아마 외로운 손을 잡아주는 그 맛으로 강의가 13년 동안 이어지고 있다는 것이 정확할 것 같다.

자원봉사는 어느 단체에서나 윤활유 같은 존재다. 70년대 중반 처음 일본 출장 중 Keio Plaza 호텔 투숙 중 만났던 호텔 직원의 인상은 잊을 길 없다. 새벽 인간인 나는 일찍 일어나 프런트 뒤 사무실로 찾아가 우편물을 확인하기 위하여 들렀다. 처음 간 날부터 며칠간을 가도 한 여직원이 나와 있어 궁금하여 물었다 그녀는 "기억해 주셔서 고맙습니다. 저는 독신으로 호텔 가까이 살고 다른 직원은 가정을 갖고 멀리 살기 때문입니다. 남보다 일찍 출근해 직원의 책상을 닦고 커피를 끓여 두면 직원들이 아침에 출근해 기뻐하는 모습이 저는 큰 기쁨."이라고 한다. 수줍은 듯 얼굴에 미소 짓는다. 일본에서 처음 만난 직원의 인상에 감탄하여 40여 년이 지난 지금도 그녀의 이름 무내도모(神友)로 기억하고 있다. 자원봉사는 받는 자보다 주는 자가 더 기쁨을 얻는 것이다. 국민 배우 김혜자의 고백이 기억난다. 그녀는 지금 자주 아프리카에 가서 고통에 처한 사람들과 함께하고 있다. 그녀는 '내 일생 연기로 웃는 것 외에는 웃을 일이 없었고 때로 죽고 싶었다. 그러나 지금 이 열악한 환경 속에서 봉사하면서 참으로 가슴 깊은 기쁨을 누리고 있다.'고 했다.

/

여인

2년간의 농촌 생활로 까맣게 탄 얼굴로 중학교 입학한 나는 뭔가 별천지에 들어온 것 같다. 마치 터널을 지난 기차가 들판으로 나온 것 같다. 우선 나보다 어린 동급생들과는 차별되고 싶다. 체육을 제외한 전 과목을 남에게 지고 싶지 않다. 선생님들이 문제를 내고 아는 사람 손들어. 하면 언제나 내가 먼저 들고 답하고 싶다. 혹시 내가 모르고 있는 문제를 급우들이 먼저 알면 낯이 달아오른다. 엄연히 동생들인데 내가 체면과 자존심이 말이 아니다. 두뇌 회전이 좀 느리기 때문에 순발력이 발휘되지 않아 때로는 자탄하면서 예습과 복습을 게을리 하지 않는다.

일학년 때 담임선생님은 여자 선생님이었다. 처음 인상이 어디서 본 듯한 분이었다. 내가 난생 처음으로 본 영화가 6·25전쟁이 일어나기 전에 본 〈검사와 여선생〉이다. 영화 줄거리도 기억나지 않는데 연사가 과장된 음성으로 대화에 곡조를 붙여 '… 하는 것이었다.' 식으로 주워섬기는 신파극이다. 학교 강당에서 전교생을 대상으로 상영해 준 영화다. 그때 여주인공 즉, 여선생 역할을 한 사람이 조미령이다. 이름도 몰랐는데 급우들에게 물으니 배우 이름이 조미령이란다. "맞아 조미령이 닮았어." 혼자서 중얼거렸다. 처음 본 영화에서에 출연한 주연 배우 조미령의 실물이 내 앞에 나타났다. 지금 생각하면 김혜자 스타일이다.

선생님은 나를 아껴 주셨다. 2학기부터 반장을 시켜주시고 잔심부름은 다 나에 맡기셨다. 촌놈이 보기에는 그렇게 예뻐 보였다. 진하지 않은 립스틱에다 크지 않는 키에 섬세하게 주름진 잿빛치마에 반짝이는 색깔의 저고리는 너무 인상적이다. 시골 동네에서는 검은 비로도 치마에 양단저고리가 최고였는데 저런 색상의 조화는 전혀보지 못하던 모습이다. 나는 "어쩌면 저렇게 예쁠 수가 있을까." 인형 같아 보였다. 선생님 담당 과목이 수학이다. 초등학교 때는 산수가 싫었다. 그러나 선생님과 친해지기 위하여 수학에 신경을 썼다. 외우는 데는 소질이 있어서 수학을 외워 푸는 방법으로 공식을 다 외어 두고 보니 그렇게 어려운 것이 아니었다.

자라면서 서로 좋아했던 동네 후배도 몇 있었다. 그냥 보고 싶었던 그 한계가 달랐다. 동네에서는 스쳐 지나가면 남모르게 살짝 웃어 주는 정도였다. 남녀 친구들이 한방에서 어울려 철 따라 과일을 서리할 때는 내 옆을 지켜주는 그런 사이다. 한 20여 년 연상의 선생님은 나를 은근히 껴 안아주는 것 같다. 마치 동네 또래는 한 그루의 꽃나무 같았다면 선생님에게서 느껴지는 사랑은 큰 왕 소나무 밑에 반석이 놓인 것 같은 느낌이다. 소나무에 기대어 앉아 쉬고 싶었다. 교문을 들어서면 벌써 그 향기가 내게 다가온다. 통학 길에 커다란 사과 밭은 가로 질러 다시 신작로를 지나면 학교 운동장이 시야에 들어온다. 선생님이 조회를 끝내고 교실에서 나오시다가도 멀리 까맣게 내 모습이 보이면 교무실에 가시지 않고 교실 문 앞에 서서 나를 기다려 주신다. 가방을 껴안고 뛰어 선생님에게로 달려가면 훤한 얼굴로 반기시며 "너는 오늘 청소 안 해도 된다." 하시며 교무실로 가신다. 그날은 온종일 뭔지 모르게 가슴이 벅찬다.

내가 반장이 되어 나이 어린 동급생을 비교적 관리를 잘한다. 모두 나를 형으로 따라 준다. 그런데 하루는 돌발적인 사고가 발생하고 만다. 여학생 체육시간에 빈 교실에 들어가 어떤 놈이 한 여학생 책상 안에 모래를 부어 두었다. 이 사실이 담임선생님 귀에 들어가 선생님은 노발대발이다. 선생님은 나에게 범인을 색출하라고 엄히 명하셨지만 내가 범인을 잡는 데는 한계가 있다. 범인을 찾지 못하자 화가 머리끝까지 난 선생님은 남학생 전원을 운동장으로 집합시킨 후 엎드려 뻗쳐를 시켰다. 선생님이 하나 하면 팔을 굽히고 둘 하면 세우는 기압을 주기 시작한다. 몇 번 반복했을 때 모두가 낯이 벌겋게 달아오른다.

화가 풀리지 않은 선생님은 커다란 검은 출석부를 들고 엎드려 뻗친 한 놈씩 엉덩이를 힘껏 내려친다. 마지막으로 내 차례가 되어 엉덩이를 들어 올리는데 선생님 출석부를 땅에 두고 그 고운 손으로 알맞게 살이 오른 내 엉덩이를 두 차례나 내려친다. 이게 웬일일까. 아프라고 때렸지만 나는 야릇한 쾌감을 느꼈다. 두 차례 맞고 한 번 더 때려 주었으면 하는 느낌이 나의 뇌리를 스친다. 얼른 내 자신이 부끄러웠다. 순간 내가 불량하다는 생각 들었다. 당시 나에게는 남성으로 제2의 성징이 나타나기 시작한 시기다. 목소리가 저음이 나고 코밑에 검스레한 털이 나기 시작한다. 물론 부끄럽게도 은밀한 곳에도 털이 보인다. 그렇지만 큰 순간의 실수다.

3학년이 되는 해 30대 후반 선생님에게 너무 슬픈 일이 일어났다. 화단을 가꾸시던 남편이 갑자기 뇌출혈로 돌아가셨다. 선생님은 임신 중이었다. 유복자를 안고 공립학교로 전근가게 되었다. 선생님은 원래 경북여중 선생님이셨다. 대우가 그쪽이 훨씬 좋았던 것으로 안다. 많은 아들딸들을 혼자서 꾸려야 하는 가사책임 때문에 전근 가시기로 결정한 것 같았다. 가신다는 이야기를 듣고 내 가슴이 쿵하고 무너지는 것 같았다. 개별적으로 교무실로 가 작은 목소리로 선생님! 하고 부르고 말았다. "계율아 니가 졸업하고 진학하는 모습을 보고 싶었는데 미안하다."고 하시며 "어려운 일이 있더라도 이기고 꿋꿋이 살아 좋은 사람 되어라. 선생님은 너를 위해 기도할게." 하시며 머리를 쓰다듬어 주신다. 아무 말도 할 수 없다. 울음을 겨우 참았다. 학교 울타리 아카시나무 잎에 이른 봄비가 촉촉이 내려 수없이 많은 물방울이 떨어지고 있다. 내게는 아버지 잃은 후 가장 슬픈 일이다. 학교를 마치고 집으로 돌아오는 길이 그리도 멀다. 눈물이 앞을 가린다. 산마루에는 흰 구름 한 점이 선생님의 얼굴을 싣고 유유히 흐르고 있다.

누가 뭐래도 외롭지 않았던 나의 학교 생활은 선생님이 가신 후 양다리에 내 혼을 싣고 다녔다. 한동안 재미가 없었다. 선생님이 어디에 계신지 어떻게 사시는지 연결 끈을 잡고 긴 세월이 흘렀다. 내 생활 변화 구비마다 보고드린다. 편지로 혹은 찾아가 만나기도 한다. 서울에 오실 때는 꼭 찾아 주신다. 다행인 것은 자녀들이 모두 착실하여 선생님이 되었다. 셋째가 대학 교수로 성장했고 유복자 막내딸은 대구에서 여학교 교장이 되었다. 그런데 97세가 된 어느 날부터 연락이 두절되었다. 혼자 사시는 아파

트에서 아무도 모르게 요양원으로 가셨다. 추한 모습을 아무에게도 보이고 싶지 않았다. 뵙고 싶다 선생님! 김혜자를 닮은 선생님!

박옥임

파란 하늘에 펼치는 흰 구름들의 대행진
아! 라고만 표현할 수밖에 없는 풍경에
포박되다.

약력

부산 출생. 성균관대학교 교육학과졸업. 2012년 계간 『문파』 시 부분 신인상 당선 등단. (사) 한국문인협회 회원. 용인문인협회 회원. 문파문학회 상임이사. 시계문학회 회 장역임. 저서 : 시집 『문득』. 공저 : 『그랬으면 좋겠다』. 『꽃들의 수다』 『그냥 그렇게』 『문파 시선』 외 다수.

떠나보내며

국화 향기 속에 묻혀
살며시 미소 짓는 네가
손 내밀며 걸어 나올 것 같다

한순간이 영원히 잡을 수 없는
깊고 넓은 강 되어 아스라이 멀어지고
이별이 애타서 하늘도 아파
추적추적 하염없이 비를 내린다

삶 위에 걸려 있던 아픔, 사랑, 아쉬움
훌쩍 놓고 가는 널 잡을 수는 없지만
수많은 추억이 주마등같이 지나다
한곳을 함께 바라보던 그 시절에
멈추었다

우리 많이 살았지?
우리도 가슴 쿵쿵
핏줄 불끈 불끈
언제였더라

아픔이 모여드는 곳

저마다의 이유로
모여든 이곳에
많은 사유들이 걷고 있다

짙은 안개에 짓눌린 듯한 통증
끊임없이 쫓아오는 죽음의 공포
헤쳐나가고자 하는 안간힘

갖가지 사연을 안고
서거나 앉거나
얼굴들이 어둡다

어쩔 수 없이 겪으며 가는 시간
낡아가는 육신
어르고 달래며
함께 가야 하는 인생

삶이 공평하다는 것에
수긍할 수 없는
불공평을 본다

화사하게 익은 감나무, 덩그러니

따가운 볕
무거운 열기 견디고
까치 찾아올 날 기다리며
주홍빛으로 정성껏 익히고 있다

빛이 수척해지고
바람의 온기 조금씩 낮아져
가을이 발 앞에 서니
공기를 가르며 찾아왔다

즐거움으로
풍성한 포만을 즐긴 뒤
휘얼훨 휙
날아가 버린다

어디로 갔는지
휘저어도 닿지 못하고
덩그러니 남겨진 마른 몸
숨죽인 햇살과 바람이
처진 어깨 토닥여준다

무심한 날

꽃비 내리는 봄날
너를 보내고 가슴은 막혔다
열네 살 어린 네겐
버거웠던 세상
미안하다
용서해다오
비명 같은 울음
허공에 메아리 되어 떠돈다
이별이 인식되지 않는
끝없이 아득한 아픔
볼 수 없는 너
가슴에 박혔다

선계입

눈 녹은 바람
아직도 쌀쌀히 불어
묵묵히 견디며

지내고 있는 시간

그렇게 몰아쳤어도
완연히 풀어지는 하늘 아래
가지마다 도톰히 입술 내밀고 있는
움들
고요히 누운 마른 풀들 사이로
여기 저기 꼼지락, 꼼지락
들린다

아침 햇살
잔잔하게 피어오르듯
움츠리고 있던 너와 나
함께 터질 것이다

최완순

지금도 시작인데 빨리 가는 세월
끝을 만지고 싶지 않다.

수필

외투
산 그리고,

시

얼굴 한번 내민 적 없는 너
오래된 젊음
세월에게

약력
충남 대전출생. 안양대학교 국어국문학과 졸업. 계간 『문파』 신인상 수필, 시 당선 등단. 현 시계문학회 회장. 한국문인협회 회원. 한국수필가협회 운영이사 역임. 문파문학회 부회장. 저서 : 수필 『두릅 순 향기, 일곱 살 아이』 『꽃삽에 담긴 이야기』, 시집 『네 눈속에 나』, 공저 『그랬으면 좋겠네』 『문파시선』 외 다수.
e-mail : cws4008@naver.com

외투

　　설날 아침 일찍 차례를 지냈다. 아이들은 세배할 준비에 화기 애애했고, 새해 아침은 행복한 한 해가 되기를 기대하는 설렘을 안고 하루의 고리를 푼다. 명절에는 항상 성묘를 다녀온다. 11시가 돼서야 성묘 갈 준비를 했다. 서둘러 현관을 나오면서 바쁜 며느리의 일손을 도와 손자에게 신발을 신겨 주었다. 먼저 밖으로 나간 아들이 꺼칠하고 피곤한 모습으로 현관 앞에 서서 기다리고 있었다. 나는 언뜻 아들을 보며 '쟤가 추운가?' 어정쩡하게 서 있는 아들의 작게 느껴지는 외투가 더욱 썰렁하게 보인다고 생각했다. 외투는 결혼할 때 해준 것 같은데 그 동안 살이 많이 쪄 외투가 작아졌구나 생각했다. 소매 기장이 유난히 짧게 올라간 외투를 보며 조만간 외투를 다시 해주어야 된다는 생각이 머리를 스쳐 갔다.

　　이틀이 지나서 며느리에게서 전화가 왔다. "어머니 죄송해요, 태희 아빠 외투가 어머님 집에 있나 봐주세요." 설 명절을 지내고 처음으로 듣는 음성이다. 어렵게 말하는 며느리의 음성에 심상치 않은 느낌을 느끼며 외투가 어디에 있느냐고 물으며 몸을 일으켜 세웠다. 조용하면서도 명랑한 며느리의 음성이 죄송하다는 듯 작은 소리로 저희들이 자는 방에 벗어 놓고 왔다는 것이다. 수화기를 손에 든 채 아이들 방으로 자리를 옮기며 눈은 빨리 외투를 찾아내려고 분주하게 방안을 더듬는다. 눈에 익은 검은 외투가 시야에 들어왔다. "그래, 여기 있구나." 어렵지 않게 찾은 외투는 낯선 방 안에서 주인을 기다리듯 옷걸이에 다소곳이 걸려 있었다. 며느리는 반가워하면서 아들이 외투를 남편의 외투와 바꾸어 입고 왔다는 것이다.

　남편은 키가 작고 몸은 살집이 있는 편이다. 그에 비해서 아들은 키가 크고 몸은 마른 편이었다. 남편은 어떤 옷을 입을지 색감은 어떻게 맞추어 입어야 하는지 관심이 없다. 편한 옷이면 그 옷이 눈에 보이지 않을 때까지 입는다. 자신의 옷이 어디에 있는지 찾지도 못한다. 가끔씩 10년 전에 입던 명품 아닌 해져서 명품이 된 옷을 내놓으라고 보채는 바람에 난감할 때가 있었다. 남편의 외투는 10년 전에 구입해 놓았지 활동하는 데 불편하다고 꺼내어 입어 본 지도 오래되었다.

　며느리의 말을 듣는 순간 머릿속 생각이 난감함을 느꼈다. 아들의 체격과 남편의 체격은 누가 보아도 크게 차이가 난다. 아들의 키가 182cm이고 남편의 키는 165cm다. 어떻게 작은 옷을 입고 갈 수 있는지 상상을 동원해봤다. 어렵게 외투 속에 팔을 밀어 넣는 모습을 떠올리다 웃음은 소리 없이 흩어졌다. 아들은 남편을 닮아서 말수가 적고 조용하다. 피는 못 속인다는 옛말을 떠올리며 10년 전에 입던 옷을 찾는 아버지나 외투를 바꿔 입는 아들이나 부전자전이라는 생각이 들었다.

　현관 앞에 추운 듯 썰렁하게 서 있던 아들의 모습이 떠올랐다. 소매 끝이 팔목까지 올라가 손등이 훤히 드러나던 아들의 엉거주춤한 모습이 이해가 되었다. 아들이 키만 크지 옷 품은 아버지와 같이 입는다며 며느리가 웃었다. 그래도 믿어지지 않아 두 사람의 체형을 생각하며 또 물었다. "같아도 그렇지! 어떻게 자기 옷인지 아버지 옷인지 모르고 입고 가니?" 그럴 수 있다는 듯이 "태희 아빠가 그래요." 내일 외투를 가지러 오겠다면서 죄송하다는 말을 남기고 전화를 끊었다.

　외모에 신경을 쓰지 않는 것도 사람들에게 불쾌한 인상을 주고 지나치게 치장을 해도 부족한 사람으로 조소를 받게 되는 경우가 있다. 어느 곳에서든지 옷은 사람의 성품과 같이 옷을 입은 모습에서 그 사람의 첫인상까지 평가하게 된다. 또한 인격의 높고 낮음과 취미와 됨됨이를 판단하게 한다. 현관 앞에서 추운 듯 꺼칠하게 서 있던 아들의 모습은 피곤하고 추웠던 것이 아니고 외투가 작아서 초췌하게 보인 것이었다. 아들이 명문대를 나왔고 대기업에 다니면서 결혼도 했고 불편함 없이 살아가는 것을 고맙게 생각하고 있다. 때문에 이렇게 겉모습을 꾸미지 않고 내면의 모습을 잘 가꾸어 온 아들의 모습에 더욱 흐뭇하고 고마움을 갖는다. 외투가 내 것인지, 아버지 것인지 모르고 입고 나서는 아들의 소박한 성격을 고마워했다.

세상이 아무리 화려하게 변하고 물질만능이 우선이어도 사람의 인성은 타고난 성품과 학문과 경험으로 형성되어진다. 또한 사회의 요구를 어떻게 받아들이느냐 하는 태도는 그 사람의 사고 의식에 따라 덕이 되는 미래지향적 삶을 살게 된다. 삶 속에 정체성을 가지고 살아간다면 외모의 치장은 한낱 겉치레에 불과하다. 아들의 준수한 외모와 겸손한 인격은 잘 차려 입은 외투보다 더 흐뭇한 인간애를 보여준다고 생각한다. 아들의 겸허한 인격이 사회가 요구하는 진실한 사람으로 살아가기를 바란다.

산 그리고,

산봉우리에 머무는 운무는 바람 따라 흘러가고 계절의 변화는 시계추의 움직임 쫓아 시간을 물고 사계절을 쉬지 않고 반복하고 있다. 사람의 육신도 초침 소리 쫓듯 조금씩 늙어감이 산과 다를 바 없음을 깨달음이다. 산을 연극의 한마당에 올릴 때 봄이 소년이라면 여름은 청년이다. 가을이 중년이라면 겨울은 노년이다.

봄, 어머니의 자궁 속에 잉태한 생명이 심장의 촉수를 세우고, 뼈에 살을 찌우고, 머리털의 길이를 더하는 태아처럼, 메마른 가지마다 봄비를 마시며, 씨눈을 물고, 꽃봉오리를 피워낼 산고의 분만을 감내하고 서 있는 산이 봄 산이다. 비틀거리는 종아리에 힘을 넣어 쓰러지지 않으려는 아기의 성장처럼, 꽃잎을 열며 연둣빛 잎사귀가 짙푸른 나뭇잎으로 성장하도록 수액을 끌어올리는 산이 봄 산이다. 이성을 처음 깨달은 소녀의 얼굴처럼, 연분홍색 낯빛을 띠고 화사한 꽃향기를 온 산에 펼치는 산이 봄 산이다. 사랑의 아픔을 경험하지 못한 처녀의 순연한 모습처럼 산봉우리마다 꽃향기를 피우는 모습이 아름답기도 하다. 하여, 고운 자태의 군무는 사계절의 빗장을 여는 시작으로 숨이 막힐 듯 환희의 전율을 느끼게 한다.

여름, 높고 깊은 산맥을 연결하고 있는 쭉쭉 뻗은 나무들의 건장함은 청춘의 탄력 있는 몸매를 연상시켜 감탄사가 절로 나온다. 하늘을 향해 고개를 곧추세운 울창한 나무들의 기상은 농밀한 열정과 원대한 야망을 품은 청년의 모습과 닮았음이다. 전신을 투신할 순애보를 동경하는 청년의 지고지순한 사랑처럼, 계곡의 맑은 물소리, 새들의 노래, 입추(立錐) 없이 들어찬 신록은 젊음과 사랑이다. 청년은 사랑을 하고 안정된 가정을 꾸리기 위해 동분서주하듯, 여름 산은 나비를 부르고 열매를 매달고 폭풍우에 꺾인 가지에 새순을 돋우며 생명에게는 살을 찌우게 한다. 폭풍우에 꺾인 나뭇가지도, 장마에 무너져 내린 계곡도, 죽어버린 도토리나무도, 울창하고 푸르다는 것만으로 속내의 아픔을 드러내놓을 수 없는 생존의 상처가 여름 산속에 숨어있다.

가을, 성실과 덕망 있는 성품으로 삶을 살아온 지인(至人)처럼, 농익은 과실을 생명이 생명을 위해 낙화 시기를 기다리는 산이 가을 산이다. 짝을 찾은 자식에게 가정을 이루게 해주고 사랑을 전수하고 이별을 다독이는 부모처럼, 곱게 물든 나뭇잎을 떼어내며 겨울을 향해 제 살 뜯어내는 아픔을 감내하는 산이 가을 산이다. 가장 사랑스럽고 가장 풍요로운 모습으로 세상살이 두려울 것 없이 잘 살아온 사람처럼, 화려한 옷을 입고 아름다운 몸짓으로 춤을 추는 산이 가을 산이다. 인생에서 행복을 만끽하고 삶의 절정기를 맞이하는 나이가 중년이라면 가을 산은 중년에 접어든 여인이며 신사의 모습이다. 봄 산이 삶의 시작을 준비하고 여름 산이 생산을 위하여 동분서주했다면 가을 산은 결실을 거두는 풍요의 아름다움이다.

겨울, 산전수전 겪어온 삶을 보여주는 듯 조락(凋落)의 끝에 서서 알몸을 드러내는 겨울 산의 쓸쓸함이여. 공수래공수거를 일깨워주듯 도를 닦아 무소유를 깨달은 도인처럼, 흰머리 휘날리며 흰 도포 입은 모습으로 겨울 산은 매년 우리들 곁에 우뚝 서 있다. 상처받은 삶의 편린들을 부끄러워하지 않고 푹 파인 계곡의 상처도, 어깨 죽지 잘라진 소나무의 흠집도, 모두 드러내놓고 초연히 한 생의 아픔을 보여주는 겨울 산이 부럽기도 하다. 흰 눈을 이불처럼 덮고 누운 산등성이는 생을 마감하는 노인의 살결처럼 희디희지만 죽어도 죽지 않고 새로운 한 해를 시작하기 위해 재기의 삶을 뿌리로부터 내장하고 있는 의지의 산이 겨울 산이다.

얼굴 한번 내민 적 없는 너

젊음의 뜨락에서
얼굴 한번 내민 적 없던 너
닮은 얼굴들 흰 치마폭에 감싸 안고
동전 모아지는 소리에 잊고 있던 너

통증 많은 덧없던 오후
자책에 찔린 허기진 내가
오래된 봉투 속에서 너를 꺼낸다

터널 속에서 생각의 바닥을 뜯어내는 반딧불
어둠의 언덕 오르는 새벽, 머리 질끈 동여매고
수면 위 뛰어오른 물고기의 몸짓으로
검은 바위 쪼아 조각한 새 낯빛은
꿈틀대던 붉은 화산을 내뿜는다

미소 진 얼굴 검버섯 밀쳐내고
내가
네가
고인돌 밖으로 뛰어나와
발가벗고 웃는다

오래된 젊음

그때는
몸매 고스란히 드러나는 원피스에
긴 머리 어깨까지 흐트러뜨리고
하이힐 신고 대수롭지 않게 청춘을 옆에 끼고 다녔다
유리창 속 젊은 여인은 팔팔하게 걸어가며
세상이 좁은 듯 초록 먼지로 피부를 분칠하며
다리에 힘주고 걸었다

어느 날 갑자기,
낯설은 노인 얼굴이
유리창 속에서 따라오며 뒤를 돌아본다
윤기 잃은 짧은 머리,
부풀은 몸매,
뒤축 없는 구두,
벗겨질 듯 어깨에 걸친 자존심 지금을 모르는 눈치다
돌아서 아는 체하는데
여자가 웃고 서 있다
뒤돌아보니
거기엔 나만 서 있다

세월에게

자궁 문이 열리던 그날
어떻게 살라는 언질도 없이
희비 담긴 생 내어주셨지요
양수로 젖은 머리 마르기 전 받아든 오늘
두루마리 달(月) 속에 던져놓고
울고 웃던 오늘이 만월이지요
어찌 하나요
도리에 어긋나지 않은 삶 살고 있는데
조건 없이 주신 그날들
돌아오지 않는 시간인 것을
희나리 진 나이만 쓰다듬고 있지요

주신 날들 아직은 남았는데
언제쯤 흙의 속살 속으로 밀월 여행 떠나지요
야속한 당신
기한 면전에 있는 듯한데 주실 때 그러했듯
알 수 없는 삶 덤으로 더 주시면 어떻겠는지요?

이홍수

다시 찾아온 가을을 음미하며
찬란한 햇살 속으로
천천히 걸어가고 싶다.

약력

경북 김천 출생. 동국대학교 국문학과 졸업. 중등학교 교사 역임. 2014년 계간 『문파』 수필 부문 신인상 당선 등단. 한국 문인협회 회원. 동국문학인회 회원. 용인 문인협회 회원. 시계 문학상 수상. 저서 : 『수필집 소중한 나날』 공저 : 『그랬으면 좋겠다』 『꽃들의 수다』 『그냥 그렇게』 『추억이 머무는 시간』 외 다수.

새내기

　　연일 미세 먼지로 시야가 뿌옇게 흐려진다. 계절마저 혼미한 속에 파란 새싹이 움트고 심술궂은 꽃샘바람과 진눈깨비에도 봄은 성큼 우리 곁에 다가왔다. '기다리지 않아도 오고, 기다림마저 잃었을 때에도 너는 온다.'는 이성부 시인의 「봄」이라는 시가 자꾸만 귓가에 맴돈다. 한동안 깊은 겨울처럼 침체되었던 우리 집에도 한 줄기 엷은 봄 햇살이 따스하게 스며든다. 오랜 시간 꿈을 향해 꾸준히 애써온 손녀가 올해 새내기 대학생이 되었다.

　　합격통지를 받은 후 어느 날 손녀는 한나절을 미동도 없이 잠을 잤다. 저렇게 잘 수도 있는 아이였는데, 혹독한 수험 생활을 견디고 새내기 대학생이 되어준 손녀가 새삼 대견하고 고마웠다. 갓 피어날 꽃봉오리처럼 부푼 손녀는 나날이 설렘과 호기심으로 가득하다. 길고 힘든 입시 준비를 버티게 해준 힘은 틀에 박힌 공부에서 벗어나 대학에서 누릴 자유와 해방감에 대한 기대였으리라. 막연한 환상이 아닌 대학 생활이 시작되었다. 갑자기 스스로 선택해야 할 일들이 늘어나는 만큼 불안해지는 마음도 숨길 수 없는 모양이다. 조금씩 조심스럽게 적응해 나가는 모습을 바라보고 듣는 것만으로도 신선한 충격이다. 손녀가 돌아올 시간이면 '오늘은 또 무슨 새로운 이야기가 있을까?' 덩달아 기다려진다.

　　관심과 기대 속에 밀레니엄 세대로 태어난 새내기들은 입학과 동시에 또 다른 시험대에 앞에 선다. 잔뜩 꿈에 부풀어 오리엔테이션과 동아리

미팅을 다녀온 손녀는 선배들의 조언을 심각하게 경청하고 돌아왔다. 취업이 어려운 시대에 진로 찾기, 스펙 쌓기 등 마냥 입학의 기쁨에 취해 있을 수 없음을 깨달은 모양이다. 약간 풀이 죽은 손녀를 보며 너무 빨리 현실에 눈떠버린 생각에 안쓰러운 마음이 앞선다. 실시간으로 전파를 타는 세계와 국내의 정치나 경제가 예측할 수 없이 혼란한 시대다. 이 어려운 시기를 헤쳐나갈 글로벌한 인재를 양성하기 위해 다방면으로 구성된 대학의 커리큘럼을 하나하나 살펴본다. 대학 생활을 잘할 수 있을지 약간은 두려워하는 마음도 엿보인다.

2000년 새내기들은 글을 익히면서 스마트폰도 함께 배운 세대다. 어느 세대보다 디지털기기에 익숙하여 모든 정보를 빠르게 공유하는 놀라운 능력을 가지고 있다. 초등학생인 손녀에게 다양한 스마트폰 사용법을 배웠던 기억이 지금도 생생하다. 이번 대학 입학 준비물 목록의 첫 번째가 휴대하기 편리한 슬림하고 가벼운 아이패드였다. 수업 중에 아이패드를 이용하여 필기하고 과제를 하는 등 자유자재로 활용하는 모습은 우리 같은 구세대의 눈에는 새로운 시대를 실감하게 한다. 대학 시절 은사인 양주동 교수님이 미국에 있는 손자와 통화를 하면서 "이런 현대 봐라." 하시며 감탄하셨다는 말씀이 새삼스럽게 동감이 간다. 세계가 하나로 빠르게 연결되는 사회에 실력과 정보력을 갖춘 새내기들은 어떤 변화에도 현명하게 잘 적응할 수 있으리라 믿는다.

손녀와 하루 날을 잡아 영화 〈말모이〉를 감상했다. 일제 강점기 탄압으로 사라져가는 우리말을 지키기 위해 학자는 물론 글을 모르는 국민들까지 눈물겹도록 노력하는 삶을 그린 내용이다. 영화를 본 후 손녀와 함께 서로의 생각을 나누어 보았다. 먼저 요즘 세대들은 우리말을 마음대로 줄이고 신조어를 만들어 기성세대는 무슨 말인지 알아듣기도 어려울 때가 많다는 말을 했다. 손녀는 스피드 시대에 SNS를 통해 짧고 효율적인 의사소통을 하려면 어쩔 수 없는 발상이라는 이야기가 돌아왔다. 어디서든지 자기들의 의사를 분명히 밝힐 줄 아는 세대다. 기성세대와 완전히 다른 시대를 살아온 새내기들을 이해하다 보면 소중하게 지켜온 우리말의 변형을 고깝게만 볼 수도 없는 노릇이다.

　요즘 애들을 단순히 버릇없고 이기적이라는 편견을 가지고 대할 수만은 없다. 시대가 세대를 만든다는 말을 염두에 두고 서로 배려하고 이해하려는 노력이 필요하다고 생각한다. 며칠 전에는 신입생의 특권인 양 급기야 약속한 통금을 훌쩍 넘겨 헐레벌떡 손녀가 뛰어 들어오는 기척이 들렸다. 지루하고 답답한 입시에서 벗어나 고삐 풀린 망아지처럼 한창 친구들과 어울릴 때라는 걸 알기에 모르는 척 지나갔다. 조용히 지켜보다 또 늦어지면 꼰대 소리를 듣더라도 대화를 시도해 볼까 고민 중이다. 새내기들은 앞으로 어느 것 하나 쉽게 이루어질 수 없는 만만치 않은 사회의 힘든 몫을 감당해야 한다. 손녀가 자칫 꿈보다 현실에 안주하는 일이 없도록 사랑과 격려로 희망을 지펴줄 수 있는 할머니가 되고 싶다.

부암동 석파정 서울미술관

　　장마전선이 오락가락 종잡을 수 없는 여름이다. 장마철 사이에 긴 이번 휴가는 날씨를 고려하여 당일 코스로 가까운 곳을 택하여 몇 번 다녀오기로 계획을 세웠다. 시간이 지날수록 멀리 떠나는 여행이 가슴 두근거리는 설렘보다 여러 가지로 부쩍 번거롭고 부담이 된다는 걸 느낀다. 가고 오는 교통편과 숙박의 불편함이 쉽게 적응이 되지 않아 선뜻 나서기가 두렵다. 함께할 가족과 이곳저곳을 짚어 보다 언젠가 친구가 추천한 유서 깊은 서울 부암동 석파정 서울 미술관에 제일 먼저 가 보기로 의견을 모았다.

　모처럼 부암동을 찾아가는 마음은 남달랐다. 고향처럼 늘 오고 싶은 곳이었지만 너무 오랫동안 찾지 못했다는 생각에 골목길 하나하나가 더욱 정겹게 다가왔다. 올해로 개관 7주년을 맞는 석파정 서울 미술관은 '모든 것은 예술이다.'라는 이념 아래 각층마다 다양한 근대 미술과 현대 미술 작품들을 전시해 놓았다. 본관 일층에 '안 봐도 사는 데 지장이 없는 전시'라는 특이한 기획전이 한눈에 들어왔다. 국내외 젊은 작가 21팀이 모여 하루 24시간 동안 무심코 스쳐 지나가는 순간들이 '예술'로 어떤 의미가 부여될 수 있는지 시각적으로 재현한 작품들이다. 미술 작품 외에도 일상에서 쉽게 만나는 도서, 폰트, 게임, 포스터, 등 다양한 '예술 현상'을 소개하며 우리 생활 속에 살아 숨 쉬는 예술의 발견을 경험하게 했다. 특정한 소재만이 예술이 된다는 오래된 고정관념을 깨고 새로운 시각으로 흥미

롭게 바라볼 수 있는 신선한 충격이었다.

미술관 3층 낭만 다방을 거쳐 통로로 나갔다. 환한 햇빛 속에 요술처럼 석파정 흥선대원군의 별서와 정원이 눈부시게 펼쳐졌다. 마치 현재에서 과거로 넘어간 듯 여름이 무르익어 푸른 녹음이 우거진 자연 속에 옛 정취가 물씬 풍기는 고즈넉한 고가들이 보인다. 고종의 임시 거처였다는 별채는 제일 높은 자리에 위치하여 진입하는 협문과 과거에 있었던 꽃담 등이 왕이 묵었던 곳임을 짐작하게 한다. 북악산과 한양도성 성곽 주변의 풍경이 시원하게 내려다보이는 곳이다. 흥선대원군이 거처했다는 사랑채 옆에는 650년의 굴곡진 역사를 담고 있는 천세송이 운치 있게 휘어져 넓은 가지로 시원한 그늘을 제공하고 있다. 본래 7채의 건물로 구성되어 있던 흥선 대원군의 별서는 현재 안채, 사랑채, 별채로 남아 여름 목 백일홍이 환하게 피어있다. 조선 시대 사대부집 가옥의 옛 모습을 그대로 간직한 대표적인 문화유산이다.

구름길을 따라 정원을 걷는다. 코끼리 형상을 닮은 너럭바위는 바위산인 인왕산의 특징을 신기하게 보여주는 자연 석조물이다. 바위와 울창한 숲과 계곡이 절경을 이루는 물길을 따라 석파정을 향해 걸었다. 사랑채 맞은편 커다란 암반에 '소(巢)수(水)운(雲)렴(廉)암(菴)'이라는 각(刻)자(字)가 있다. '물을 품고 구름이 발을 치는 집.'이라는 뜻이다. 아름다운 풍경을 조선 시대 선비 권상하가 시적으로 절묘하게 표현해 놓았다. 자연을 그대로 품어 교감하는 조선시대 정원의 대표적인 멋스러움이 돋보인다. 삼계동이라고 적혀 있는 암반은 이곳에 세 개의 내가 합쳐져 흘렀다고 한다. 푸른 나무들이 에워싼 계곡 가운데 석파정이 자리 잡고 있다. 얼핏 보아도 전통적인 한국의 정자와는 다른 느낌이다. 기둥에 꾸민 벽을 달고 지붕은 청나라 양식이며 바닥도 나무가 아닌 화강암으로 마무리 되었다. 낯설고 특이한 이국적인 아름다움은 조선 말기의 시대적인 흐름을 엿볼 수 있었다. 석파정은 조선 철종 시 영의정을 지낸 김흥근의 별서 삼계동 정사를 흥선대원군의 소유가 되면서 석파정으로 바꿨다. 사방이 돌로 쌓인 언덕으로 붙인 이름이며 흥선대원군은 후일 석파를 자신의 호로 사용했다. 석파정을 둘러보면서 수도 서울의 도심에 순수한 자연으로 어우러진 아름다운 풍경을 이용한 별서와 정원은 새삼 놀라움을 자아냈다. 한편 조선 말기의 세도가인 김흥근이 권력을 이용하여 쉽게 상상할 수 없는 지리적 위치를 선점하여 호화로운 별서를 누렸다는 점이 많은 생각을 불러왔다. 조선 말기 고종의 재위 44년 동안 주변 국가의 각축장으로 변해버린 나라와 끊임없는 세력 다툼으로 점철된 어지러운 역사가 떠오른다. 양위 3년 후 끝내는 나라를 빼앗기는 비운을 맞은 고종의 심정은 어떠했을까? '역사는 과거가 아니라 앞으로 나아가는 지혜를 준다.'는 말을 우리 모두 잊지 않았으면 좋겠다. 왠지 부암동 석파정을 돌아 나오는 발걸음이 무겁다.

꽃이 나에게 전하는 말

어느새 창밖이 희뿌옇게 밝아 온다. 일찍 찾아온 더위와 열대야로 밤새 뒤척이다 피곤한 심신으로 창문을 활짝 열었다. 순간 어디선가 상큼한 꽃향기가 은은하게 코를 스친다. 얼른 방 앞 베란다로 나가 두리번거리다 불끈 솟은 문주란 꽃대에 여러 갈래의 하얀 꽃들이 화관처럼 다소곳이 피어있는 모습을 발견했다. 밤새 소리 없이 꽃을 피우고 있었나 보다. 반가움과 서러움에 왈칵 눈물이 고였다. 마치 떠난 사람이 그리움에 못 이겨 안부의 말을 전하러 온 것 같은 느낌이다.

문주란은 근 30년 넘게 우리와 인연을 함께 하고 있다. 어떤 경위로 우리 집에 오게 된 것인지는 옛일이라 기억할 수가 없다. 다만 그동안 몇 번 이사를 하는 과정에도 지금까지 남아 있는 가장 오래된 화분이다. 문주란은 푸른 잎 사이에 튼실한 줄기가 올라와 우산 모양으로 위에서 아래로 처지면서 하얀 꽃을 여러 갈래로 피우고 수술 윗부분은 자주색이다. 온난한 바닷가 제주도 토끼 섬이 자생지고 꽃말은 '청순함'으로 7월에서 8월에 피는 수선화과에 속하는 다년생 초본 식물이다. 문주란 꽃은 특별히 예쁘거나 향이 진하지도 않다. 꽃이 피고 꽃이 질 때는 국수 가락 같은 가녀린 꽃잎이 누렇게 말라 지저분하고 어수선한 느낌마저 들 때도 있다. 그럼에도 우리와 오래도록 함께했던 이유는 어떤 것도 한 번 맺은 관계를 쉽게 포기하지 못하는 우리 내외의 생활 태도가 한몫을 하지 않았나 생각한다. 또한 문주란 꽃이 처음 필 때 새 신부 같은 수줍음이 전하는 순수함 때문이었으리라.

여태까지 집안의 모든 화분의 관리는 늘 남편의 몫이었다. 분갈이를 하거나 때맞추어 물을 주고 화분의 상태에 따라 영양에도 신경을 쓰며 열심히 잘 가꾸었다. 화분을 한 사람이 맡아 돌보아야 물을 주는 간격이나 꽃의 상태를 일정하게 유지하게 하는 비결이라는 남편의 생각에서다. 문주란을 키우며 늘 열심히 돌보아도 해마다 꽃을 볼 수는 없었다. 어느 해는 환하게 꽃을 피워 우리들을 즐겁게 해주다가 몇 년은 잎만 자라며 조용히 지난 적도 있었다. 갑작스럽고 허망한 슬픔에 올해는 꽃이 피리라는 기대도 못한 채 꽃대가 올라온 것도 눈치채지 못하고 그냥 지나쳤던 모양이다. 어느 때보다 우울하고 쓸쓸했던 나에게 향기롭게 찾아와 말없이 위로를 전하는 귀한 걸음이다.

우리 집 베란다에는 가족의 생일이나 좋은 소식이 있을 때마다 지인들이 보내준 동양란과 서양란 화분들이 있다. 동양란은 겨울 초입부터 차례대로 꽃을 피워 고고한 향기로 살아 있음을 알린다. 꽃이 필 때마다 거실에 들여놓고 오다가다 눈 맞춤하며 삭막한 겨울날을 버티게 해주는 힘을 얻는다. 뒤이어 서양란이 해마다 노란 꽃잎을 여러 개 매달고 향기는 없지만 마치 어사화처럼 당당하게 제법 오래도록 꿋꿋하게 피어 머지않아 봄이 올 것을 알려준다. 초봄이 되면 어느 날 친정에서 옮겨온 군자란이 불쑥불쑥 꽃대를 올려 탐스러운 주황색 꽃으로 환하게 봄이 왔음을 주변에 알린다. 여름이 무르익어 더위에 지쳐가는 날이면 가만히 숨죽여 문주란 꽃대가 올라오기를 은근히 기다리곤 했었다.

올해는 뒤숭숭한 마음에 살뜰히 챙기지도 못한 문주란 화분에서 두 번씩이나 꽃대가 올라와 환한 꽃을 피워 순간의 기쁨을 전한다. 못다 한 마음이 아쉬워 끝내 돌아서기 힘들어하는 사람의 웅숭깊은 배려라는 생각에 가슴이 먹먹해진다. 살면서 애정을 가지고 화분을 보살피던 남편 덕분에 때가 되면 하나둘씩 아름다운 꽃을 볼 수 있는 호사를 누린 많은 시간들을 묵묵히 지켜본 꽃이다. 하얗고 여린 꽃잎은 애틋한 눈빛으로 바람이 스칠 때마다 아련한 향기를 보내며 변치 않는 영원한 사랑의 말을 전한다.

김복순

똑딱이는 시계바늘처럼 울안에서
인연의 끈끈한 정
다져볼 사이 없이 동쪽에 뜨는 해
서쪽 산등선 넘어가니
또 하루의 허무함이 가슴에 파고들면
추억을 되짚으며 시와 함께
여행을 떠난다

시

수평선 넘어

박꽃 피는 백자 위에

별

파란 하늘 갑자기

밤하늘

약력

강원도 원주 출생. 계간 『문파』 시부분 신인상 수상 당선 등단. 문파문인협회 회원. 시계문학회 회원. 공저 : 『가을햇살 폭포 속으로 쏟아지는데』 외 다수.

수평선 넘어

친구들 오라 손짓하던
그녀에게
벌과 나비가 되어 날아가네

통통배 위에 갈매기 날개
그늘이 되어주고
별빛
바다 위 쏟아지네
뱃길 따라 출렁출렁 춤추며 가네

머언 바다 끝자락에
그녀 모습

만남의 포옹은
오랜 세월 그리움 마침표 찍고
해물 잔치
밤새워 이야기꽃 무르익을 즘

그녀의 한켠에
감추어진 속내가 잔잔히 뿜어 나오며

눈물샘이 그렁그렁
밝은 웃음 보따리에 아픔 있을 줄 몰랐네

켜켜이 쌓아놓은 짐 함께하다 보니
수탉 새벽종 울리네

박꽃 피는 백자 위에

펜을 꽂으며
하늘 위 날아가는 비행기를 바라본다

맘 먹먹
눈동자엔 물구름이 몰려온다

너를 만날 수 없기 때문일까
내 사랑
전하고 싶었는데
꿈속에라도 찾아와 줄 수는 없는 걸까

네 맘 몰라준다 떠난 발길

돌아설 수 없는 거니

구름 배 바라볼 때면
네가 너무 보고 싶다

별

밤하늘 수놓은 은하수 세이며

마당에 맥반석 깔고
옥수수 하모니 불며 오순도순
이야기꽃 피우면

모기가 와서 침을 놓고 가네

찰싹찰싹 파도가 치네

울퉁불퉁
빨강 전등불

여기저기 달아놓고 가네

솔솔 밤바람 찾아와 호호 불어주고 가네

파란 하늘 갑자기

검은 망토 두른 흑기사

쾅쾅
포를 쏘며 달려오네

불꽃

굵은 창틀에 꽂히네

햇님도 놀라 달아나고
짙은 어두움 깔리네

따 다 딱 장대비 쏟아지네

흠뻑 젖은 몸
물에 빠진 생쥐가 되었네

밤하늘

별을 보아도

달을 보아도

나에게 남겨진 흔적
짙은 아쉬움으로 남아
가슴이 저려온다

그랬더라면

그랬더라면

하나 하나 생각 속에서
꺼내놓으며
물안경을 쓴다

이개성

'그대는 내 곁을 떠나고
홀로 떠올리는 그때 그 행복'

약력

충북 괴산 출생. 서울대 약학대학 3년 수료. 경희대 경영학과 졸업. 일본 시나리오 연구소 제17기 수료. 계간 『문파』 시 부문 신인상 등단. 한국문인협회 회원. 문파문학회 상임운영이사. 시계문학회 회원. 저서 시집 『추억이 담긴 벤치』, 공저 『그냥 또 그렇게』 외 다수.

행복

올망졸망 마구 뛰어놀던
다섯 아이들
나 정신 못 차리게 바빴지

무럭무럭 자라는 그 모습 바라보며
그대와 나
천하를 다 얻은 듯 행복하였지

그대는 내 곁을 떠나고, 홀로
떠올리는 그때 그 행복

새날 새 아침

설날 아침 동쪽 하늘 바라보니
영롱한 노을 산마루에 지고
산 능선을 뚫고 고개 내밀며
일어서는 웅장한 저 태양

새 아침 새 출발 새날의 태양
경건하게 합장하며 새해 소원 빌었다

어제 뜬 태양은 어제의 오늘 태양이고
내일 뜨는 태양은 내일의 오늘 태양이다
지금 이 찰나, 다시 오지 않는다

남은 여생 이웃과 사회에 봉사하는
값진 삶을 살리라
훗날 그대 품에 안길 때까지

고마운 선물

전망 좋은 높은 곳에 살고 있다
때때로 흔들의자에 앉아
창밖을 내려다본다

눈 아래 청명산 기슭 푸른 숲 펼치고

그 건너 산줄기 따라 길게 휘돌아간
기흥저수지 푸른 물

어깨동무 산기슭 이곳저곳
흰색 건물 아파트촌

바다와 산을 좋아하는 나
호수와 산이 어우러진 아름다운 풍경

그대가 내게 주고 떠난 고마운 선물

어둠이 깔린 밤

창밖을 본다
땅거미 지고 어둠이 깔리니
까맣게 가라앉은 저수지와 숲
저 멀리 뜨문뜨문 아파트촌, 인가들
새어 나오는 불빛 어둠 밝히고
하늘에는 별이 반짝반짝

나와 속삭이기라도 할 듯
실눈 뜨고 걸려있는 초승달
저 불빛 속 각양각색 이름 모를 사람들
그 무엇을 꿈꾸며 무슨 생각하고 있을까

새봄의 산책길

갖가지 아름다운 봄꽃 향연
벌이고 있는 큰 정원을 지나
새로 생긴 산책길을 찾았다

연두색 나뭇잎 푸릇푸릇
푸르름의 향 내음

새들의 지저귀는 노랫소리
민들레꽃 이름 모를 야생화와
눈인사 나누며

지팡이 벗 삼아 능선에 오르니

한눈에 보이는 영통 시가지
수많은 사람들 저 안에서
생존경쟁 위해 뛰고 있겠지

내려오는 길 조용한 벤치에 앉아
눈 감았으나 어른거리는 그대 얼굴

심웅석

글 한 편을 퇴고하면 빙그레
다시 보면
어딘가 덜 채워진 수채화.

수필

세월을 느끼게 하는 것들
신발

시

詩를 읽을 때면
선풍기에게
3.8선은 국경선인가

약력

충남 공주 출생. 서울의대 졸업. 정형외과 전문의. 2016년 계간 『문파』 시 등단.
한국문협 회원. 한국문협 용인지부 회원. 문파 회원. 시계문학회 회원. 저서 : 시
집 『시집을 내다』 『달과 눈동자』. 수필집 『길 위에 길』 『친구를 찾아서』. 공저 : 『그
냥 또 그렇게』 『문파시선』 외 다수.

세월을 느끼게 하는 것들

　10년이면 강산도 변한다, 했다. 20대부터 따져도 반세기가 훌쩍 넘었으니 어찌 변하지 않았겠는가. 우리 사회의 변한 것들을 보면 '세월이 많이 흘렀구나.' 느끼게 하는 것들이 많다. 그 낯설어진 모습을 보면서 오래 살았구나, 라는 생각도 든다. 변한 것들 중에는 긍정적으로 변한 것들도 있고, 바람직하지 않은 것들도 있다.

　대학 초년 때(1960년대 초) 고향 공주에서 서울에 오려면 비포장도로에 좌석도 없는 키 낮은 버스를 3~4시간씩 서서 타고 왔다. 지금은 좋은 좌석에 앉아 잘 포장된 도로를 한 시간이면 온다. 자가용 차를 생전에 타 볼 것이라고 그때는 생각도 못했었다. 주거 시설도 대부분 초라한 초가집이었는데, 지금은 전기 수도 잘 갖추어진 아파트들이 지방에도 많이 들어서 있다. 옛 문인들의 향년이 너무 짧은 데 놀랐다. 삼사십 대에 작고한 유명 문인들이 너무 많았다. 의학의 발달과 향상된 생활 위생으로 평균 수명이 늘어 백세 시대를 구가하고 있지 않은가. 긍정적으로 변한 것들이다.

　부정적으로 변한 것들도 많다. 지하철에서 소소한 일로 젊은이가 노인에게 욕하고 손찌검할 듯 장시간 난동을 부렸다는 뉴스, 멀쩡한 교수 아들이 돈 때문에 아버지를 살해했다는 소식은 기성세대를 절망하게 한다. 그렇게 중시하던 효사상이 무너진 것이다. 아직 어린 중학생들이 얼굴에 화장을 하고 입술에 빨갛게 루즈를 칠하고, 팬티인지 반바지인지 구분이 안 되는 짧은 바지를 입고 등하교하는 것을 보면, 못 볼 것을 본 것 같다.

중고생들이 남녀 손을 잡고 다니는 것을 볼 때는, 연애한다고 정학 처분을 받던 우리 세대는 설 곳을 잃는다. 어린 학생들의 티 없이 맑고 순진하던 세월은 어디로 갔나. 세상은 각자의 개성대로 살아야 맛이 있을 텐데, 젊은 여성들의 얼굴을 보면 코가 오뚝하고 눈은 모두 쌍꺼풀이고, 우리 눈에는 누가 누구인지 구별이 잘 안 된다. 성형 천국이라 그런가?

몇 개뿐이던 공영 TV 채널도 전기를 아낀다고 심야에는 방송을 쉬던 시대는 찾을 길이 없다. 지금은 300개가 넘는 TV 방송, 채널이 너무 많으니 다른 매체에서 했던 프로를 받아서 재탕 삼탕을 한다. 먹는 음식에 대한 프로는 왜 그리 많은가. 그 많은 요리 연구가들이 고안해 낸 국적 불명의 음식들이 넘쳐나, 엄마의 손맛은 설 곳이 없다. 배고프던 시절에도 먹는 것을 탐하면 천하다고, 체면을 지키던 예절도 옛말이다. 사람들의 사생활을 미주알고주알 들추어내는 프로는, 남의 사생활을 엿보지 말라 했던 예의도 우습게 만들었다. 대학들도 없어도 될 학교들이 너무 많다.

옛날과 너무 많이 변한 이 사회를 보고 있으면 정신이 없다. 차라리 가난했어도 부모에 효도하고, 따뜻한 가정이 오롯이 숨 쉬던, 자연에 묻혀 순박하게 살던 그 시절이 그리워진다. 어떤 때는 '그만 살고 싶다.'는 생각이 들 때도 있다. 이 시대에 노인으로 살려면, '보고도 못 본 체, 알아도 모르는 체' 하고 참견하려 들지 말라고 친구들이 그렇게 많은 카톡을 보내주는가 보다. 이 가을에는 낙엽을 밟고 풀벌레 소리 들으며 오솔길 따라 산에나 다녀야겠다.

신발

　　인간은 지구상에 유일하게 직립 보행하는 동물이기에 신발이 필요하다. 원시 인간들이야 맨발이었겠지만, 문명이 발달하면서 신발이 생겼으리라. 경제 사정에 따라, 변하는 문화에 따라 신발도 바뀌면서 종류도 다양해졌을 것이다. 베트남 파병 시절에 보니, 거기 사람들은 맨발로 다닌다. 밀림을 누비는 베트콩들도 맨발이다. 명절에는 신발을 들고 다니는 그들을 보며, 우리는 문명 국가라 느꼈었다. 우리 신발에는 짚신, 나막신, 고무신, 운동화, 구두, 장화 등 종류가 많다. 길지 않은 내 생애에도 여러 신발을 경험해 보았다. 요즘엔 발에 편한 신발을 주로 신고 다닌다.

　　초등학교 때는 주로 고무신을 신었다. 고무신도 흰 고무신은 고급품으로 취급되었고, 우리는 주로 아버지가 장날에 사오시는 검은 고무신을 신고 다녔다. 주위에는 나무로 깎아서 만든 나막신, 볏짚으로 짠 짚신을 신고 다니는 어른들도 있었다. 비 오는 날에는 나막신이 제격이라 했다. 옛날 한성에 과거 보러 갈 때는 짚신을 여러 켤레 메고 다녔다고 들었다. 운동화를 신은 것은 중학교에 들어가 읍내로 통학할 때였다. 그 시절 비포장 신작로를 하루 세 시간씩 걸어서 통학할 때, 떨어진 운동화 바닥으로 모래가 기어들었다. 가난했던 농촌이었기에 그처럼 고생하고 다녔던 기억은 나뿐이 아닐 것이다. 생각하면 지금도 서글퍼진다.

　　신사 구두(단화)를 처음 신어본 것은 대학에 입학한 직후였다. 형이 구두 값을 주면서 종로통에 구두 가게들이 있으니 가서 사 신으라고 하였다. 거기서 발에 맞는 신발을 이것저것 신어 보면서 고르던 생각이 잊히지 않는다. 번듯한 구두를 사 신고, 낯선 서울을 걸어 다니면서 기죽지 말라는 형의 뜻이 이심전심으로 전해졌다. 그 구두를 신고, 아는 사람 하나 없는 외로운 서울 거리를 활보할 수 있었던 것은 '나도 뒤에서 봐주는 형이 있다.'는 생각이 힘이 되었을 것이다. 그 시절엔 신발이 귀하였기에 허술하게 두면 잃어버리는 수도 가끔 있었다. 세월이 흘러 구두 종류도 수없이 많이 나오고, 백화점에는 외제 신발들이 쌓여있다.

이제는 우리 집 신발장에도 여기저기서 산 신발들로 가득 채워져 있다. 15년쯤 전에 이사할 때는 구두를 한 이십 켤레 버렸다. 경비 아저씨 권고대로 재활용통에 넣는 대신에 앞에 늘어놓으니, 얼마 안 있어 사이즈 맞는 사람들이 전부 주워갔다. 다행스러운 일이었다. 작년에는 문학교실 모임에 홍콩에서 샀던 구두를 오랜만에 신고 갔더니, 오는 길에 바닥이 덜렁거린다. 오래 신지 않던 등산화도 산에 신고 갔다가, 바닥이 모두 조각으로 떨어져 내린 적이 있었다. 신발도 오래 외면하면 이렇게 심술을 부리고, 사람도 오래도록 교류가 없다 보면 관계가 소원해지는 것은, 사람이나 사물이나 닮은꼴이지 싶다. '눈에서 멀어지면 마음에서도 멀어진다.' 했던가.

사십대 초에 처음 신어 본 등산화는, 내 건강을 되찾아 준 보물이었다. 그때 사귀던 L 박사는 이 신발을 사서 신기면서 끊임없이 산으로 이끌었다. 처음 신고 등산을 할 때는 관악산 초입까지만 걸어도 숨이 막혀 헉헉거렸다. 술을 많이 먹고 다니면서 운동을 하지 않은 까닭이다. 창피하였지만 그녀는 격려해 주었고, 여기에 힘을 얻어 계속 산에 다닌 덕택에 얼마

후에는 산등성이도 가볍게 걸을 수 있었다. 등산에 취미를 붙이니 체력단련뿐 아니라, 세상이 아름답게 보이기 시작했다. 대학 동기 친목 모임인 '상록회'도 자연히 '산우회'로 개명을 할 정도로 산에 많이 다녔다. 지나고 생각해 보니 그때 등산이 없었더라면 아마도 칠순까지 살기도 힘들었을 듯하다. 등산화 가게에서 좋은 품질로 골라주던 L에게 감사한 마음 지금도 잊지 않았다.

신발을 보면 걸어온 길이 보인다. 오륙십 대에는 여행을 많이 다녔는데, 여행 스케줄이 잡히면 집사람이 운동화를 한 켤레씩 사 온다. 예쁜 나이키 검은 운동화를 보면 독일에서 라인 강변을 걷던 기억이 난다. 볼품없이 비틀어진 흰 운동화를 보면 페루 마추픽추를 거닐던 생각이 나고, '뚝배기보다 장맛'이란 말에 닿는다. 모양에 비해 발이 무척 편하기 때문이다. 걷기 운동이나 장거리 보행을 할 때면, 발이 편한 이 흰 운동화를 신게 된다. 사람도 외모가 아름다운 미인은 애인을 하고, 배우자는 마음이 넉넉한 사람을 선택하라는 말이 있다. 이 세상 길고 험한 인생길을 걸을 적에는, 외모보다 마음이 예쁜 짝과 함께 걸어갈 일이다.

詩를 읽을 때면

나는 행복합니다

걱정이 있어 고뇌에 빠지거나 슬픔에 잠겨 울고 있거나
증오심으로 분노에 떨거나 몸이 아파 병원에 매어 있는
사람은 詩를 읽을 수 없을 것이기에

詩의 세계는 우리 삶의 또 다른 얼굴입니다
그 포근한 세계로 지친 발을 조용히 내려놓으면
가서 물들어 나도 詩가 됩니다

이제 세상과 인생을 사랑할 나이 되어, 여름 한낮에
바람에 흔들리는 아름드리 느티나무 가지들처럼, 안정된
마음의 여유 속에서 조용히 詩와 함께 동행할 것입니다

선풍기에게

에어컨이 없던 시절 너는 잘 돌아가며 귀공자로 살았지
갑자기 쏟아져 나온 에어컨 찬바람에 네 존재는 묻혔어

죽을힘 다해 돌려봐도 알아주는 이 아무도 없어

좌절과 어둠에 싸여 앞이 보이지 않아도, 자결은 하지 마

내일의 태양을 바라보고 조용히 날개를 닦으며 걷다 보면

아름다운 자연의 순리에, 오늘 같은 초가을 날씨가 찾아오지

에어컨은 너무 추워, 이제 네 역할이 빛나는 거야

숲을 스쳐오는 듯 네 바람은 자연스러워서 좋아

계절이 금방 가버린대도 조금만 더 기다리면, 또

너를 다시 찾게 되는 초여름이 오지 않나

살다가 캄캄한 벼랑에 떨어져도 너무 절망하지는 마

깊은 골짜기 지나면, 높은 산 준령이 기다리는 법이니

3.8선은 국경선인가

누가 만들었나.

인간들이 인위적 경계를 만들어 놓은 선에, 사람들은 자유왕
래가 금지된다. 유럽의 나라들은 한집처럼 넘나들고, 지구상에
온갖 나라가 자유롭게 오가는데 어찌하여 삼엄한 경계에, 북쪽
은 소 떼만 끌고 가야 환영을 하나.

답답하여 하늘을 쳐다본다. 새털구름도 유유히 넘어가고 뭉게구름도 서슴없이 건너온다. 비구름은 양쪽 구분 없이 비를 뿌리고, 둥글게 떠오른 가을날의 저 달님은 남북 차별 없이 웃음을 보낸다. V자로 날아 넘는 기러기 떼는 양쪽에 늘어선 초라한 병정들에게 동정의 울음소리 "기럭기럭" 던져준다. 바람도 마음대로 왕래하는 이 강산에 금을 긋고 선을 만든 우스운 인간들.

북에선 '자유'를 먹지 못해 비쩍 마른 새들이 왜소한 몸으로 방황하는데, 남쪽 새들은 거저 얻은 '자유'를 맘껏 퍼먹고 뒤뚱뒤뚱 비만으로 살 빼기에 정신없다. '자유'를 먹으면 '책임'이란 똥을 누어야 된다는 사실을 몰랐기 때문이다. 지금은 이 '자유'라는 먹이를 얻기가 얼마나 어려운지, 배우려고 몸살을 앓는 중이다. 눈을 뜨지 않으면 앓다가 사망할 수도 있다.

강신덕

가을 국화가 알알이 맺혔습니다.
지난날 한 송이 국화로 꿈을 품고
한 알 한 알 꿈을 펼치는 색처럼
은은히 언제까지나 피고 싶습니다.
아픔과 슬픔이 공존하는 날들이
아물기를 바라며-

시

바람 따라
비참 4
꽃피는 계절
베란다 선인장
을밀대

약력

평안남도 평양시 경제리 출생. 성균관대 방송 통신대. 계간 『문파』 시 부문 신인
상 수상 등단. 시계문학회, 백합문학회 회원. 시집 : 『여운』 공저 『그냥 또 그렇
게』 외 다수.

바람 따라

눈은 겨우 엄마를 바라보았겠죠.
얼마 후 아장아장 걸었겠지요.
열심히 뛰었겠지요.
자동차 탔습니다.
기차 타고, 비행기로 날았습니다.
앞날이 많다고 생각했지요.

지난 피난 시절엔
철로 꽁꽁 언 땅 밟으며
아버지의 재촉을 목구멍으로 삼켰습니다.
아버지의 꽁지 줄에 매달려
한없이 눈물을 뿌렸습니다.

이쯤에 서서 뒤돌아보니
얼마 남지 않은 고갯길
내 인생의 마지막 고개입니다.
미련 없이 깨끗이 옮겨 밟고 싶은
누구도 아무것도 없이
바람 따라 훨훨 나르렵니다.

비참 4

 빗발치는 불바다 폭음 헤칠 때 열 살 꼬마
아빠 허리끈에 달려 얼음 위를 죽기 살기로 뛰었죠,
피란길 발끝마다 피로 엉겨 퉁퉁 부어오르고
헤치는 인파 속엔 넋 빠진 거렁뱅이의 무리들

돌아볼 겨를조차 잊고 울음소리 삼키며
천륜의 부모 형제 손 놓아 버리고
자매와의 이별도 손끝이 저려 놓쳐 버렸네,
세월 잊으려 해도 골수에 깊이 박혀

백의 반 또 그 반이 지나가도
허기보다 더 저리고 쓰라린 그리움
해마다 오는 제단처럼 높이 뜬 보름달 향해
북녘 땅 어느 곳이든 고이 잠들기만 바라지만

흩어져 버린 조상들이기에 찾을 길조차 없는 영혼들
살아 있음의 사죄 하나 들고
괴롭고 쓰라린 날들을 헤아리며 조아리며
얼어버린 냉전의 끝이라도 알리고 싶다

꽃피는 계절

삐악삐악 뒤뚱뒤뚱
진주알 반짝 작은 부리
꼭꼭 병아리 발자국
양지쪽 개나리 활짝 피었네.

돌 틈 넘다 잠시 뒤뚱
별님 되어 때그르르 구를 때
멀리 독박새 노랫소리 들려도
파란 새순 봄볕에 노곤타네.

쉬어 넘던 싸늘한 봄바람
새순에 흰나비 올리면
진달래 연분홍 작은 꽃잎도
호랑나비 노랑나비 모두 부르고

앞농산 날래 냉이 오라 손짓하면
노란 민들레 홀씨로 날리고
아가씨의 치마폭도 바람 따라 펄럭이네.
때 잊은 수탉 꼬끼오! 꽃피는 계절

베란다 선인장

싱그럽게 물오른 너는
언제나 나의 즐거움

높은 가을 하늘 양털 구름 같고
여름 들판 하얗게 물들인
목화송이같이 보드라운 너

너른 대지 그리는 너와
푸른 바다 그리는 나는

작은 베란다에 앉아
아침 서편 둥근달 보며
가을인 듯 온화한 햇살 속을

뛰고픈 소망으로
새의 날갯짓 보았지

하얀 싸락눈 내리던 날
창가에 연분홍 꽃봉오리

내 앞에 윙크하는 순간

너와 나만이 아는
나와 너만이 아는
황홀은 끝이 없더라

을밀대

저녁노을의 합창을 듣고 있다.
열기로 달아오른 들판에서
일렁이는 바다 숨결 끌어안고
높게 나는 새들의 비단결 지휘 아래
화려한 높낮이의 화음으로 노래하는

설렘의 가슴과 온몸 흐르는 전율
조용히, 조용히, 천천히, 천천히
숨죽이던 순간 정열의 강렬한 색상
클라이맥스는 온 마음 끌어안으며
끝없이 취하게 하는 아름다움이다.

사막같이 곧게 뻗은 모래알 밟으며

하루를 닫는 태양의 노을을 보노라면

나의 마지막 소망 하나 더하고 싶어진다.

화려함은 아니어도 좋으니 강물에 맞춰지는

한 가락, 내 고향 을밀대는 어떨까

김점숙

주머니에 손 하나 감추고
비명인 듯 변명인 듯
주문을 외우며 가을 태풍에 맞서다.

시

내일은
빈 우편함 곁에는 들풀이 자라고
유월 어느 날
계곡에 핀 꽃
머물 수 없는

약력

순천 출생. 문파문인협회 감사. 한국문인협회 회원. 용인문인협회 회원. 시계문학회 회원. 공저 : 시계문학동인지 『그냥 또 그렇게』 외 다수.

내일은

자존심 대결의 끝은 어디인가
여기저기 새우등 터져 비릿한 공기가 거리를 떠돌고
뿌리도 없는 바람은 갑자기 커져서
온 산과 마을을 뒤흔들고 있다

울분을 토하는 목소리
굵은 빗줄기로 땅을 쳐 블랙홀을 만들고

캄캄해진 하늘은
숨소리조차 죽여가는 세상 향해 변덕만 부리고 있다

그럼에도, 엄마의 마을에서 불어온 바람은
생채기를 당해도 참으라고
내일은 평화로운 햇살이 가득할 것이라고

빈 우편함 곁에는 들풀이 자라고

차량 행렬 따라 흘러와 멈춘 그곳에
하늘만 바라보며 탄성을 울리는 사람들이 내린다
구름 아래 눈썹 같은 지붕에 매달려 세상을 품고 즐기는
화려한 외침이 가득한 공간을 지키는 마을
노모 홀로 지키는 담장에는 호박넝쿨 외로움이 길어져 뻗어
만 가는데

산이 제 몸을 깎아 보내준 마사토
계곡 따라 흐르는 개여울 속에서 햇살 만나 감출 수 없는 속
마음 다 보여주니
갈햇살 더욱 눈부셔 나그네 가슴에 눈물로 스며들고
계곡 옆 작은 정자 웃음소리 까마득히 잊혀져 굳어버린 얼굴
무성한 수풀 사이 오가는 잠자리만 바라본다

유월 어느날

길어진 해는 하루를 채우러 용솟음치는데
말라버린 볼펜 촉 하품하다 졸고

바람은 수맥을 길어 올려
굵어진 나뭇가지에 새 둥지 키우고

꽃 속을 넘나드는 벌들은
풍요의 노래를 부를 때

어린 강아지 어느새 훌쩍 자라
목줄이 싫다고 반항하는 오후

돌아가는 길 잃었는지 서성이는 붉은 해
서늘한 바람이 불어와 끌고 가고 있다

계곡에 핀 꽃

숲에 가려 어두운 골짜기에 물이 흐르고
새들이 노래하는 바위틈에서
발을 멈추고 조용히 앉아 하늘을 본다

쫓기듯 달려온 세월
정처 없는 바람을 잡으려 했던 빈손 펼쳐 보니
길 위에서 부르다 만 노래는 아직도 들려오는데

함께 가자던 친구마저 소식 없고
빈 주머니 뒤적여
돌아올 차표를 찾는다

머물 수 없는

어떤 끌림으로 왔는지 기억에 없다

한 계단 두 계단 땀방울이 맺힌다

정상에 멈춰 싸늘한 바람을 겨냥하고

온몸으로 쏘아 보려 한다

도망칠 수 없다

온 힘을 빼고 날아야 한다

아무도 쫓는 이 없는데

왜 이리도 급히 올라왔을까

건성인 관심

때론 인정하는 척 가면을 쓰고

거짓 격려에 웃음 지으며

두꺼운 눈물 보이지 않게 절규하며

꽃잎 떨어지듯, 굳게 다문 입

신기루 속으로 온몸을 던진다

이중환

어머니 홀로 시골집에 사신다.
불편한 데는 없을까 아프지는 않으신지
밤낮으로 전화를 한다.
오늘도 오랫동안 통화 중인 걸 보니 또 수화기를
잘못 놓으셨나 보다.
안부가 궁금한 자식의 답답한 마음,
詩는 위로가 된다.

수필

잊지 못할 여행길
해파랑 14구간을 가다

시

어머니는 통화 중
작은 섬
첫날

약력

서울농협 간부 정년퇴임. 계간 『문파』 회원. 시계문학회 회원. 한국문인협회 회원. 한국문인협회 용인지부 회원.

잊지 못할 여행길

　　1월 29일. 오늘은 서둘러 아침 7시에 호텔에서 출발했다. Milford Sound를 가기 위해서다. 밀포드 사운드를 빼고는 뉴질랜드의 자연을 말할 수 없다는 말이 있다. 사운드가 해협, 좁은 해협이란 뜻도 있었다. 11시 30분 크루즈선을 타기 위해 전용 버스는 숨 가쁘게 달린다. 크루즈 식사 때는 무공해 녹색 홍합을 많이 먹으라고 가이드가 말한다. 관절에 좋다고 했다. 왕복 2차선 평탄한 도로를 쉼 없이 달린다. 다니는 차가 많은 편은 아니다. 4시간 이상을 달리다 보니 이제 운무가 자욱한 계곡을 지나 부슬부슬 부슬비가 내리기도 했다. 꼭 태초의 세상으로 들어온 느낌이다. 이곳 날씨는 예측이 불가능한 곳이라고 가이드가 말한다. 좁고 긴 터널을 지나가면서 터널 저쪽 날씨가 어떨지 알 수가 없다고 한다. 터널을 통과하자 다행히 날씨는 괜찮다. 산허리를 감고 있는 흰 구름이 보이는가 하면 설산이 보이기도 한다. Sound는 V자형 협곡을 말하고 Fiord는 U자형 협곡을 말한다고 가이드가 설명했다. 그렇다면 이곳은 V자형 해협에 물이 차 있는 것이리라.

　우리는 시간 안에 도착하여 크루즈에 승선을 하였다. 바로 뷔페식 식사 시간이다. 가이드 말이 생각나서 나는 홍합에 욕심을 부렸다. 푸짐한 식사 동안 배는 해협을 따라 미끄러져 나아간다. 양쪽은 깎아지른 천인단애의 절벽, 가끔씩 산허리로부터 폭포가 내리 쏟아지고 있기도 한다. 북쪽 좀 멀리 3,754m 마운틴 쿡 만년설이 웅장한 모습으로 버티고 섰다. 실 폭포와 몇 개의 폭포가 지나가는 사이 식사도 끝나고 모두 갑판 위에서 처음 보는 경치를 사진에 담기에 바쁘다. 과연 세계 3대 절경 중 하나다. 영화 〈반지의 제왕〉, 〈쥬라기 공원〉 등이 이곳에서 촬영됐다고 한다. 이윽고 마지막 큰 폭포 앞에서 뱃머리를 바짝 들이대면서 한참을 사진 찍을 시간을 주는 듯하였다. 회항하면서 즐기는 것으로 밀포드 사운드 관광은 절정을 넘어섰다. 퀸스타운까지 오는 것으로 오늘 관광은 끝이 났다.

1월 30일. 퀸스타운 거리와 호수 주변을 구경하였다. 뉴질랜드에는 호수가 많다. 이곳 와카티푸 호수도 다른 호수와 마찬가지로 짙푸른 물이 잡티 하나 없이 맑고 깨끗하다. 호수 주변 산들은 거의가 나무가 없는 암산이다. 암산이 쪽빛 호수와 어우러져 한 폭의 멋진 그림 같다. 호수 주변 나무 그늘에서 여유를 즐기는 이곳 사람들 모습의 풍경을 눈에 담는다. 호숫가 모래사장엔 해수욕을 즐기는 미녀들이 많이 보인다. 북섬 오클랜드로 이동하기 위하여 이곳 공항으로 나간 시간은 오후 3시가 좀 넘은 시간이었다. 공항 수속을 밟고 가이드 정 부장은 자신이 사는 크라이스트처치 행 비행기를 탔고 우리는 비행 시간을 기다리는 중이다. 우리가 타고 갈 젯스타 비행기가 전광판에서 지연을 알리기 시작한다. 30분, 50분, 1시간 지연을 알리더니 결국 'cancel'이라고 떴다. 우리 일행은 동요하기 시작했다. 일행은 공항 구석에 모두 퍼질러 앉았다. 국제 미아가 된 느낌이다. 우리 일행 중 4개 국어를 한다는 아가씨도 있었다. 그리고 교수 부부도 있어서 둘은 바쁘게 항공사 당국 또는 여행사와 연락을 시도하는 듯했으나 신통한 답변이 없는 것 같다. 얼마를 기다리면 해결 방법이 나올지 모르는 상황이다. 정말 답답하지만 참고 있는 수밖에 없었다. 그 비행기를 타려던 다른 승객들이 몇 겹으로 줄을 섰다. 순순히 질서에 따르는 모습이다. 우리도 따라 줄을 섰다. 항공사에서 제공하는 8불짜리 바우처 티켓을 타기 위해서다. 호텔로 이동하기까지 두 번의 8불짜리 티켓을 받았다. 그 티켓으로는 아이스크림이나 롱블랙 커피(아메리카노) 한 잔밖에 먹을 게 없었다. 내일 오후 1시 30분 비행기로 가게 된다는 말이 돈다.

　일행 중 둘은 모두의 동전을 수거하여 공중전화로 어딘가에 연락을 시도 하였다. 기다린다는 것은 지루한 고통이다. cancel 후 오랜 기다림의 연속이었다. 드디어 이곳 퀸스타운에 산다는 캡틴(버스기사)이 이곳으로 오기로 했다는 소식이다. 한 시간 정도 연락을 시도해서 연락이 닿은 3~40분쯤 뒤 캡틴이 나타났다. 구세주를 만난 기분이다. 캡틴이 항공사 여직원과 한참을 얘기하더니 항공사에서 마련한 호텔에서 1박하고 내일 오후1시 30분 비행기로 가게 된다는 것이다. 일단 짐을 찾고 항공사가 마련한 노보텔 호텔로 캡틴 버스가 이동시켜 줬다. 다른 탑승객들도 이곳 호텔로 온 듯해서 호텔이 붐비기 시작했다. 짐을 다시 풀고 한국인 식당에서 저녁을 먹은 후 주변 산책에 나섰다. 주변이라야 낮에 둘러본 와카티푸 호수 주변이었다. 우리 일행은 호숫가 군중들이 많이 모인 곳으로 가니 어떤 서양인이 원맨쇼를 하고 있었다. 꽤 많은 사람들이 초승달 모양으로 둘러서서 구경들을 하는 틈에 우리도 끼었다. 저녁 9시가 넘은 시간인데도 아직 해가 지지 않아 밝았다. 우리 일행은 열광적으로 호응하며 재미있게 구경을 한 후 호텔로 돌아왔다.

　1월 31일. 이곳에서 하루 더 묵은 날이 밝았다. 09시경 가이드 정 부장이 왔다. 북섬 가이드와는 예정된 여행 스케줄은 다 소화하기로 했다고 한다.

다니지 않았던 호수 주변을 산책한 후 10시 30분쯤 짐을 갖고 공항으로 이동하였다. 1시 40분 이륙한 젯스타 비행기가 1시간 30분을 날아 북섬 오클랜드에 도착한 시간은 오후 3시가 좀 넘은 시간이었다. 현지 가이드의 안내로 저녁식사는 원주민 마오리족의 민속 공연을 보며 양고기를 주로 먹었다. 무대에서 상체를 벗은 우람한 마오리 장정이 헛바닥을 길게 내밀며 험상궂은 인상을 보이는 모습을 따라하기도 했다. 아마도 영국인이 이곳에 들어 왔을 때 저렇게 항거하지 않았을까 하는 생각이 든다.

원주민은 남태평양 폴리네시아에서 약 800년 전 이곳 뉴질랜드 북섬을 발견, 이주해 와서 아오테로와(길고 흰 구름이다)라고 했다고 한다. '키야오레'는 원주민의 '안녕하세요'라는 뜻이다. 원주민이 이곳에 뿌리내렸지만 1800년대 영국 사람들에 의하여 피지배 종족이 되어 저런 직업으로 살아간다는 모습이 안됐다는 것이 나만의 생각일까? 그들은 소수 민족이 되어 서럽게 살아가는 것 같다. 이튿날 마오리족이 운영하는 노천온천 지역을 방문했다. 온 동네가 지열이 뜨끈뜨끈하고 김이 자욱 서린 이색적인 풍경이다. 나는 뜨끈뜨끈한 땅바닥에 누워 보기도 했다. 여행의 맛은 이런 토속적이고 이색적인 것이 더 매력적인 것 같다. 그래서 여행은 즐거운 것인지도 모른다.

해파랑 14 구간을 가다

　　9월 27일. 설레는 마음에 잠도 잘 오지 않았다. 새벽 5시 30분, 간단하게 준비해 둔 배낭을 메고 비가 오면 어쩌나 걱정을 하며 집을 나섰다. 일기예보에 목적지 포항 지역은 비가 오지 않지만 다른 지역은 비가 온다고 되어 있었다. 다행이 비는 오지 않았다. 집 앞 버스정류장으로 가니 공항 버스 한 대가 손님 여행 가방을 싣고 있을 뿐 일반 버스는 보이지 않았다. 대기하고 있는 택시를 타고 수지구청역까지 갔다. 집결 장소로 가니 미명 속에 두 사람이 보였다. 한 사람은 좀 안면이 있는 듯도 하여 인사를 하니 그 양반도 나를 대충 알아보았다. 시간이 조금 지남에 따라 일행들의 숫자가 늘어났다. 타고 갈 관광버스도 왔다. 차에 올라 내가 좋아하는 위치의 자리를 잡고 앉았다. 예정된 6시 20분이 되어가니 버스 안이 와자지껄하다. 차는 6시 30분, 바깥이 훤히 밝을 즈음 출발을 했다. 고속도로 톨게이트로 가는 동안 두 군데 일행을 더 태워서 44명을 채워 포항을 향해 경부고속도로를 내달린다. 버스 앞 유리창에 약간의 빗방울이 맺히는 듯했으나 비가 더 이상은 오지 않았다.

　우리가 가는 곳은 해파랑 14코스(구룡포-호미곶) 트레킹이다. 벼르고 별러서 가는 코스다. 지난봄에 이곳을 가려다 이쪽 날씨가 안 좋다는 관계로 강원도 고성 금강산콘도에서 아래쪽으로 화진포 거진항으로 이어지는 해파랑 49코스를 대신 트래킹한 적이 있다. 오늘은 날씨 징크스는 없이 가게 되어 더욱 들뜬 기분이다. 산행 대장이 마이크를 잡고 호미곶에서 시작해서 아래로 구룡포를 도착 지점으로 한다는 안내를 했다. 고속도로 휴게소를 두 군데 쉬고 11시 가까이 돼서 포항 외곽을 지난다. 한국중공업의 상징인 거대한 포스코 앞을 지나서 영일만 꼬리 부분 호미곶을 향해간다.

길은 편도 1차선 꼬부랑길이 계속 이어진다. 왼쪽은 바다, 운무가 끼어 포항 시내 쪽도 수평선도 보이지 않지만 넓은 바다를 보니 가슴이 확 트이는 듯하다. 작은 어촌을 지나기도 하고 횟집, 카페 등이 차창 밖으로 지나친다. 해송 사이로 숨바꼭질을 하듯 바다가 보였다 안보였다 하기를 약 40분 걸려 호미곶 넓은 주차장에 버스가 도착했다. 언제나 산행이나 걷기에 자신 있는 사람은 A코스, 좀 연장자 혹은 약한 여자들은 B코스로 나뉜다. A코스는 풀코스, B코스는 단축 코스이다. 산행 대장이 A코스 도전하는 사람은 곧바로 걷기로 들어가고, B코스 걷기 할 사람들은 30분 호미곶을 구경하다가 버스로 얼마간 이동 후 시작한다고 안내한다.

해파랑 길은 동해안 등줄기 770km를 50개 구간(코스)으로 나누어 '해와 바다와 함께 걷는 길'이란 뜻으로 2009년부터 동해안 탐방로 조성 계획에 따라 문화체육관광부에서 전문가들의 참여를 통해 추진됐으며 2010년 공모를 통해 '해파랑 길'로 명명하게 됐다고 한다. 특히 이곳 14구간 15.3km와 ❶ 해파랑 제1구간(오륙도 해맞이공원-광안리해변-미포)17.7km. ❷ 11구간(나아해변-문무대왕릉-감은사지-감포항)19.9km. ❸ 20구간(강구항-영덕해맞이공원)18.8km. ❹ 32구간(삼척 수로부인 길 따라 걷는 덕산해변-삼척-추암해변)22.6km. ❺ 49구간(거진항-화진포-금강산콘도)16km가 명소로 알려져 있다.

B코스 일행은 모두 12명으로 12시 10분에 버스에 탑승하여 얼마간 가다가 하차를 해서 무조건 해안 길로 걷기 시작했다. 날씨는 해가 나오다가 구름 속에 숨었다가 하는데 햇빛이 나올 때는 덥다는 생각이 들 정도였다. 오늘 동해 바다는 잠잠하다. 왼쪽으로 드넓은 바다를 끼고 걷는다. 작은 파도가 해안으로 밀려와 흰 포말을 일으키며 부서진다. 붉고 푸른 지붕의 포구마을을 지나는 때도 있고 거무스레한 바위가 바다에 점점이 떠 있기도 하고 그냥 바닷가에 넓게 널려진 너럭바위가 있는 곳도 있다. 햇볕이 뜨거울 때도 수시로 불어주는 바닷바람이 시원스럽게 해준다.

지나다 보니 동해를 내려다보며 지어진 현대식 주택과 펜션들이 뽐을 내며 경사면에 자리 잡고 있다. 바다를 보며 쉬라고 정자도 몇 군데 있었다. 걷다 보니 1시가 가까워 일행들은 솔밭 넓은 평상들이 설치된 그늘진 곳에서 점심을 먹기로 했다. 나는 김밥 두 줄 중 하나는 아침에 먹고 남은 하나는 검정 비닐 봉지에 든 채로 버스에 두고 온 것을 알았다. 그 바람에 순전히 남들이 가져온 것으로 점심을 때웠다. 누가 페트병 소주를 내놓아 종이컵에 한 잔 마셨다. 점심을 먹은 후 또 걷기 시작했다. 어선을 매어둔 어촌을 지나는 때도 있고 작은 해수욕장 길의 모래밭을 걷는 때도 있었다. 때로는 길이 끊어져 찾느라 헤매기도 했다. 길 정비가 덜 되어서 그런지 걷기 좋도록만 되어 있는 것은 아니다. 울퉁불퉁 바위 위를 통과해야 하는가 하면 포장길을 걸어야 하는 때도 있다. 포구를 지나고 어촌 마을을 몇 개 지나서 남쪽으로 발길을 부지런히 옮긴다.

넓은 동해바다가 우리를 품어주는 듯하다. 철썩이는 파도 소리를 들으며 자그마한 횟집들도 지나간다. 목적지 구룡포를 향하여 걷고 또 걷는다. 이윽고 구룡포까지 2km 남았다는 이정표가 나왔다. 바다가 면한 해안 길은 그다지 힘든 줄은 모르겠다. 아스팔트길을 걷다 보니 드디어 우리가 타고 온 버스가 보였다. 우리는 A코스 일행을 기다리느라 수평선 너머에서 불어오는 시원한 바닷바람을 쏘이고 있었다. A조 일행들이 4시가 거의 다 된 시간에 도착들을 했다. 데이터를 보니 우리 B조는 3시간 정도 걸었고 전체 15.3km 중 약 10km를 걸은 것으로 나왔다. 우리는 포항 하면 유명한 물 회를 반주 곁들여 저녁을 먹고 상경 길에 올라 밤 9시 30분경에 출발지에 무사히 도착할 수 있었다. 가고 싶었던 해파랑 14구간을 다녀왔다고 생각하니 가슴 뿌듯한 기분이 들었다.

어머니는 통화 중

저녁 주무시기 전
홀로 계신 어머니와 통화를 한다
목소리가 힘차 보일 때는
나도 따라 힘이 난다
목소리가 힘이 없어 보일 때면
걱정스러워진다

봄이 되어 밭 주변에 봄나물을 뜯어
장날, 유모차에 가득 싣고
일 킬로가 족히 될 장에 팔러 간다
바닥만 보고 다니는
맨몸으로도 겨우 다니는 어머니, 못 말린다
그것도 안 하면 무슨 낙으로 사냐다

자식들이 욕심 내지 마세요 하면
어머니는 욕심 안 낸다 하지만
팔 나물에 욕심이 가득 묻어 있다
어디서 그런 힘이 나는지
어머니 좌판은 봄나물로 가득하다

빈 유모차 밀고 오셨을 때쯤 전화를 건다
전화는 통화 중이다
한참 지나서 해도 통화 중
이튿날 아침까지도 통화 중이다
어머니 안부가 더욱 궁금해지는 자식들
애가 탄다

작은 섬

노를 저어도 갈 수 있고
먼눈으로도 볼 수 있는

수평선 위의
작은 섬으로 같이 가자

넓은 바다 가운데 있어도 잠기지 않고
더 솟아오르지도 않는

거기 그대로 변함없는
작은 섬으로 같이 가자

해 뜨면 햇님 반기고
달뜨면 달님 반가운 그곳

끝이 없는 긴 얘기는
밤하늘에 총총한 별빛 함께하며
그곳에서 하자

첫날

꿈결 같았다
창호지에 달빛이 스며들 듯
젖어 가는 것이었던가

성벽이 무너져 내려
마비되듯 전신을 적시며
광란의 불기둥을 끌어안은 것은

성스러운 것이었다

밤은 새벽을 쫓아
먼동이 트는 것이 아쉽고
서로가 부끄러운 순간

우리는 어줍잖게 마주해
수줍게 수줍게 미소 지었다
너와 나의 첫날

김세희

우연과 인연 이 모든 것에
감사한 겨울이다

약력

부산 출생. 계간 『문파』 수필 부분 신인상 당선 등단. 문파문인협회 회원. 시계문
학회 회원. 저서 : 시계문학 동인지 『추억이 머무는 시간』.

연

　　겨울이 되면 고사리같이 조그마한 손은 더 분주해진다. 언 손을 입으로 호호 녹여가며 문방구에서 데려온 녀석에게 하루 반나절 정성을 다한다. 하늘 높이 더 높이를 외치며 슬그머니 손을 놓았다. 연은 하늘을 날자마자 야속하게도 내 마음 따윈 잊어버린 듯했다. 바람의 유혹에 홀딱 넘어가 천방지축 널 뛰는 아이마냥 나뭇가지에 기웃, 전봇대에 기웃대며 내 심장을 쫄깃하게 만든다. 하늘을 가르며 바람에 몸을 맡긴 채 자유로이 날아다니던 연은 금방이라도 울음을 터트릴 듯한 동심을 향해 소리치고 있었다. 인연이라는 것은 마음먹은 대로 되는 것이 아니라고.

　불혹, 요동치지 않을 것 같은 마음에도 노크하는 인연이 있다. 따스한 손길이 닿는 순간 서서히 녹아내리는 눈처럼 어느 날 문득 흔적 없이 사라지는 것이 인연임을 알기에 마음의 두드림에 조용히 눈을 감는다. 간절하게 마음을 쏟아부어도 마음대로 되지 않는 것이 인연이라는 것을 동심은 이해하지 못했다. 비행하던 연이 나뭇가지에 걸려 실이라도 끊어지는 날이면 밤새 마음을 졸였다. 이 모든 일이 나 때문인 양 추위에 떨고 있을 연을 마음에서 쉬이 접지 못했다. 나뭇가지를 의지하며 바람에 나부끼고 찢겨나간 연은 실이 끊어지는 순간 이미 나에게서 멀리 달아났다.

　불혹이 되고서야 알게 되었다. 영원할 것만 같던 인연이 끊어진 것은 내 잘못이 아니라는 것을. 서로를 잇고 있던 인연의 끈이 스르륵 풀렸을 뿐 누구의 잘못도 아니라는 것을 말이다. 거센 바람 불어와 연이 흔들리면 마음이 불안해져 실타래를 조금 빨리 감기 시작한다. 다시 품에 넣으려 안간힘을 써 보지만 그건 내 욕심이다. 연은 나와의 인연에 미련을 두지 않고 바람과 함께 사라져 버렸다. 휙, 마음엔 상처 한 줄 그어진다. 상흔은 오래도록 내 마음에만 머물러 있다고 슬퍼했지만 착각이었다. 어디론가 훌쩍 날아간 연(緣)도 문득, 내가 그리울 것이다. 잊혀졌다 절망하던 순간보다 마음이 아려온다.

눈꽃 날리듯 소리 없이 다가와 마음을 들썩이게 하는 인연이 있다. 행복한 순간이 영원할 순 없지만 오늘, 함께한 마음만 기억하려 한다. 인연의 끝이 보인다고 바둥거리지 않는 지혜를 채워간다. 인연이 떠난 빈자리는 또 다른 인연으로 술렁일 것이라는 여유로운 마음을 배워간다. 마음에 똬리 틀고 앉은 흔적이 상처가 아닌 추억이었음을 깨달아간다. 기약 없이 멈춰버린 인연과 다시 우연하게 마주섰을 때 기꺼이 두 손 내어줄 수 있는 너그러움이 쌓여간다. 나는 불혹의 중간 어디쯤인가, 우두커니 서 있다.

/

해석은 어려워

"당장 이혼하자!" 시댁 다녀와 피곤이 밀려드는 늦은 오후, 남편이 강편치를 날렸다. 이혼. 결혼이 연애의 연장일거라는 착각이 현실과 충돌하던 신혼 때 몇 번 질러 본 말이다. 맞벌이로 경제력을 고스란히 유지하고 있었던 십수 년 전 혼자 사는 게 이보다 행복할 거라는 생각으로 몇 번 심각하게 고민했다. 도대체 이 남자, 1년 중 가장 큰 행사 무사히 마치고 안도감을 만끽하기도 전에 이혼하자 소리를 지르다니. 어디서부터 NG가 났을까. 같은 공간에서도 해석하는 사람 의지에 따라 기억의 편린은 각기 다른 그림으로 묘사된다. 흩어진 조각들을 조심스레 더듬어 보았다.

24시간 전, 2월 6일 저녁 7시. 올해는 친정 먼저 다녀오라는 시어머니의 배려로 친정에서 차례를 지내고 시부모님 댁 용산으로 향했다. 부모님께 화면 큰 스마트폰을 선물로 드렸더니 세뱃돈 받은 아이마냥 입 꼬리가 실룩거린다. 시댁에서는 어른들 말씀에 머릿속 번역기가 빠르게 작동한다. 시시콜콜 변명하지 않는 성격 탓에 번역기가 오작동하면 대략 난감해진다. "괜찮다."를 정중한 거절의 의미로 생각할지 오케이로 받아들여야 하는지 발뒤꿈치를 들고 지뢰밭을 헤매는 심정으로 조심조심 한참을 해석한다. 휴대폰 아직 괜찮다는 어른들 말씀을 화면 큰 스마트폰으로 바꿔달라 재해석한 것은 잘한 일이다. 새 기계를 들여다보며 열심히 기능을 익히는 두 분을 보고 있으니 마음이 흐뭇해졌다. 아버님과 새벽 6시, 남산 팔각정까지 등산하자 약속하고 잠을 청했다.

12시간 전, 2월 7일 새벽 6시. 5시가 채 되기 전 일어나 등산 준비를 마쳤지만 아버님은 곤히 주무신다. 괜히 질러본 말이 아니었다. 아버님과 남산에 올라 해돋이를 보고 싶었다. 단둘이 무슨 이야기를 나눠야 할지 고민하며 새벽잠을 설쳤나. 문득 친정아버지와 새벽 공기 마시며 등산하던 장면이 스친다. 아버지가 날 깨웠는지 내가 그를 깨웠는지 기억은 희미하지만 등산 후 마셨던 약숫물은 꿀맛이었다. 흐뭇하게 막내 딸을 바라보시던 눈빛, 두런두런 나누었던 이야기들, 깔깔대던 웃음소리가 손에 잡힐 듯

느리게 스쳐간다. 일상의 소소한 행복을 아버님과도 나누고 싶었다. 아버님은 내가 그냥 한 말이라 생각하고 흘려들으신 걸까. 친정 아버지였다면 단잠을 깨워 등산길에 올랐을까. 번역기는 버벅대고 어김없이 날은 밝았으며 가족들은 둘러앉아 아침을 먹었다.

시간을 더 거슬러봤다. 60시간 전, 2월 4일 오전 8시. 차례를 지내지 않는 시댁과 달리 친정은 조상님들 먹거리 준비로 까치 설날 아침부터 허리가 휘어진다. 누가 봐도 아줌마인 내게 유일하게 아가씨라 불러주는 새언니와 차례상을 준비하는 하루가 길고 분주했다. 그녀에겐 힘든 연례행사가 도래했지만 아버지의 조식을 손수 만드는 내 마음 가짐은 조금 달랐다. 음식 하나하나에 정성을 기울이고 싶은 마음속엔 아버지에 대한 그리움, 함께할 수 없는 안타까움이 뒤엉켜 있었다. 지지직, 튀김 익어가는 소리마저 경쾌하게 들린다. 시누이까지 동참한 명절 전야, 새언니의 머릿속도 대화를 재해석하느라 번역기가 빠르게 작동했겠지. 돌아서면 쌓여있는 설거지 더미 속에서도 연신 깔깔대며 마음만은 편안하게 설날을 맞았다.

우리 집 남의 편은 지킬박사와 하이드 같은 내 모습에 화가 난 것인가. 친정에서 철없는 애처럼 까불어대던 내가 시댁에서 반벙어리로 앉아있는 어색한 모습이 싫었을까. 가면은 때와 장소에 맞게 연출하는 옷과 같다. 사회적 물의를 일으키거나 타인에게 피해를 주지 않는다면 적당한 가면은 필요한 것이다. 사람 관계를 되짚어 보게 하는 영화 〈완벽한 타인〉 엔딩 자막이 떠오른다. '사람들은 누구나 세 개의 삶을 산다. 공적인 삶, 개인적인 삶, 비밀의 삶.' 시부모님을 진심으로 존경하고 사랑하지만 개인적인 삶을 적나라하게 보일 순 없다. 딸처럼 생각한다는 시어머니의 말씀을 재해석하지 않고 딸같이 행동했더라면 더 빨리 이혼하자 외쳤을 우리 집 남의 편. 시댁에서 정신 줄 놓지 않고 착한 가면 쓴 와이프에게 엉터리 해석하는 그대를 진정 바보로 임명합니다!

/

찬밥

　　　　주인아주머니는 나를 눈덩이처럼 둥글게 말아서 차디찬 냉동실로 휙 던졌다. 모락모락 김 나는 찰진 밥 위에 올려졌으면 좋았을 텐데. 나도 새벽 6시에는 윤기 좌르르 흐르는 핫한 밥이었다. 브런치에 밀려 보온된 지 6시간이 지나자 때깔이 조금 빠졌다. 저녁 만찬에 초대받겠구나 생각할 즈음, 바삭하게 갓 구워낸 치킨과 화려한 토핑으로 둘러진 피자에 가려 점점 잊혀지고 있었다. 대기 시간은 길어지고 24시간이 지나자 내 얼굴은 조금씩 누렇게 변해갔다. 나는 찬밥이다.

눈을 뜨면 호수 빛 하늘이 펼쳐져 있고 사방은 기분 좋은 바람에 초록 물결로 출렁이던 봄날의 들판이 선명하게 떠오른다. 냉동실에 있는 지금이 잠깐 꿈을 꾸고 있는 거라고 스스로를 위로하고 있을 때였다. 샌프란시스코에서 왔다는 초콜릿이 말을 걸어왔다. 그는 빨간 다리(금문교)가 그려진 옷을 입고 있었다. 옷에 그려진 다리를 실제로 보면 얼마나 웅장한지에 대해 한참을 설명했다. 참새에게 말로만 듣던 러시아 명태도 이곳에서 만났고, 호주에서 왔다는 소도 냉동실에서 인사했다. 중국에서 건너

온 새우도 옆자리에 있다. 냉동실이야말로 지구촌 한가족이다. 이들과 수다 떠는 재미에 빠져 며칠은 시간 가는 줄 모르고 지냈다.

내 정체를 한눈에 알아보는 이는 아무도 없었다. 괜찮다. 떡이냐고 오해해도 나는 밥이고, 부러진 눈사람을 왜 냉동실에 넣어두냐고 수군거려도 나는 밥이니까. 논바닥을 후끈 달아오르게 하던 기세 등등한 여름 절정의 해를 원망했던 시기가 있었다. 선선한 가을 바람 불어오기만을 기다리며 황금 들판에서 영글어지면 모든 게 행복할 줄 알았다. 지금 나는, 추운 겨울의 한복판에 우두커니 남겨졌다. 어쩌다 찬밥신세가 되었을까. 냉동실 친구들은 식사에 초대되어 일품 요리로 변신하는데 잉여로 버려질까 가끔 두려움이 밀려왔다.

볍씨일 때 내 꿈은 소박했다. 농부 아저씨의 거친 손을 거쳐 모판 상자에 들어간 내가 작은 상자에서 탈출하는 것, 이것이 내 꿈이었다. 열 번의 밤이 지나가고 다섯 밤을 더 견뎌내니 어른 모가 되었고 넓은 논으로 나갔다. 논에서 키가 자라는 만큼 생각의 힘도 점차 커져갔다. 끈적한 논바닥에서 인생을 마감하고 싶진 않았다. 점점 큰 꿈을 꾸기 시작했다. 쭉정이가 되지 않으려고 무수한 날을 인내했다. 발 밑으로 기어다니며 제초 역할을 하는 우렁이를 좀 얕잡아 보기도 했다. 에메랄드 빛으로 물든 하늘이 더 짙어지던 어느 날 나는 뽀얀 흰 쌀로 거듭났다. 도시로 보내야겠다는 농부 아저씨의 혼잣말에 밤잠을 설쳤다. 나른한 오후였다. 주인아주머니는 소박한 식탁에 요란하지 않게 나를 초대했다. 그녀 외엔 아무도 없는 적막한 집에 물 끓는 소리가 파도 소리처럼 거세게 몰아쳤다. 전자레인지에 들어가 3분간 열을 쬐고 나와 라면 국물에 풍덩 다이빙했다. 몸이 라면 국물에 잠기는 찰나 마침내 깨달았다. 인생은 따뜻한 밥과 찬밥의 시간이 공존한다는 것을. 어느 시간에 있든 그 시간들은 모두 의미가 있다는 것을 말이다. 핫한 밥이라고 교만할 일이 아니며 찬밥이 되었다고 의기소침할 것도 아니었다. 주인아주머니는 라면 면발과 경쟁하듯 불어 있는 나를 한 숟갈 건져 올리며 감탄사를 연신 토해낸다. "라면엔 찬밥이 진리야!"

김은자

언제 터질지 모를 탱탱한 통증의 시간 앞에서
양손으로 귀를 막고 긴장했다
그러나 시에 들꽃이름 세우는 선물을 주시어
큰 위로를 얻었다 오늘을 잊지 않고 열매 맺는 가을 노래,
무르익도록 하늘보며 걸으리라.

시

가을 무
교정
우박
문틀
깨 볶으며

약력

충남 연기 출생. 계간 『문파』 시 부문 신인상 당선 등단. 『월간 아동문학』 신인상 동시부문 당선 등단. 한국문인협회 용인지부회원. 문파문학회회원. 시계문학회 회원. 저서 : 동시집 『꿈봉투』 공저 『기연』 외 다수.

가을 무

가뭄에
꽁꽁 묶여 있던 초록
뻐꾸기 밭에 주루룩 뿌려졌다
일렁이는 잎사귀 움켜쥐고
힘껏 아버지 시간 끌어당겼다
매끈한 벌거숭이와 올라온
아버지의 일상
고여 있는 빗물, 출렁인다
절룩거리는 아침마다
무거운 발걸음 딛고
한 사발의 수혈 건네자
앞다투어 일어서는 뿌리
가지런하게 하루를 채썬다
노을 소리 불러와
울긋불긋한 바람과 버무린다

저무는 하루
겹치는 침묵!

교정

태풍 솔릭에 휩싸인다
굴곡진 시간 차곡차곡 쌓인
헌책방 같은 그곳으로 깊숙이 밀어 넣는다
크고 작은 새들 낮게 날아간다
출렁이는 몸
추억의 이슬 품고 고개를 갸우뚱 찾는다
스스로 봄 길 되어 -
굳게 닫힌 철문, 가슴을 댄다
비릿하다
책상 밑에서 스멀스멀 올라와 펄럭이던 원고지
눈 크게 뜨고 바라본다
심장에서 심장으로 길을 만들던 얼굴
비둘기처럼 모였다 흩어진다
운동장 귀퉁이
의심 없이 꿋꿋하게 지키고 있는 소나무
무수한 이파리 흔든다
헐렁해진 교문 한쪽에
손도장 꾹꾹 눌러 찍고 돌아선다
새벽을 향해 걷겠다는 책을 읽으며

우박

우당탕탕 떨어진다
얼음 덩어리
손바닥 위에 올려놓는다
지워지지 않는 화인
고구마 뿌리처럼 연결된
절망의 변주곡 실금을 타고
골짜기를 따라 내려오는 물소리
마디마디가 시리다
잠시 중심을 잃고 머뭇거린다
삐걱거리는 가을걷이 못내 궁금하다

숯 가슴
얼음장 들판에
웅크리고 있다

문틀

손발 팽팽하게 뻗어
긴 비바람 막아주었다
겹겹의 시간 닳아
잘려나간 그림자
햇살도 돌아앉은 얼굴
딱지처럼 접혀있다
흙마당 처마 밑
주인 없는 이야기 돌고 돌아
먼지로 흩어진다

사그라져가는 계절 하나
부실한 품에 안았다

아린 심장이 뛴다.

깨 볶으며

후라이팬 위에서
펄떡펄떡 뒹구는 참깨
삼복더위 움켜쥔
튀어 오르는 참깨알
손목 꼿꼿이 세워 정확한 속도로 젓는다
땀보다 진한 근심 흐른다
반복된 이력서
반납되는 조카의 취업
진주 같은 참깨 서너 알 올려 으깬다
흥건히 고여 있는 땀방울

김근숙

세상에 들풀이 되어
들줄처럼 일어나
모든 이들의 눈물·웃음이
되고 싶다.

약력

부산 출생. 고등학교 교사 역임. 공저 : 『물들다』 『추억이 머무르는 시간』 등. 현시계 문학회 총무.

길 위를 걷다

봄비 부슬거린 뒤 아스팔트 도로는 젖은 채로 미끄럽다. 이곳의 길은 서로 연결되어 잘못 들어가도 나중엔 만나진다고 용인 살던 남동생이 초행길에 우리를 안내하면서 가르쳐 주었다. 길 위를 떠돌아 경기도에서의 삶도 4년째로 접어든다. 힘들기는 했지만, 생각 외로 희망과 막다름을 무지개처럼 펼쳐놓아 그리움의 절반은 고향 부산에 머물고 호기심의 반은 나를 더 먼 곳으로 가도록 채근하여 봄비처럼 떠나고 싶어 한다.

무심히 바라본 하늘은 잔뜩 구겨져 폭우라도 쏟아질 듯 먹구름이 몰려오자 도로를 달리던 차들이 놀란 토끼처럼 횡설수설 달음박질한다. 창문을 열고 습기 찬 비바람의 해묵은 냄새를 맡으며, 길 위로 뿜어져 내리는 쓸쓸하고 과묵한 도로의 짙은 슬픔을 본다. 뚜 두둑 한 방울 두 방울 점점 거세지는 빗소리로 급히 창문을 닫고 위를 쳐다 보았다. 가족실 위 천창에 빗물이 줄줄 흘러내리고 있었다. 어둑한 실내에 불을 켰다.

잠시 앉아 멍하니 볼펜을 톡톡 치면서 동그랗게 돌리던 나는 책을 덮고 다시 창가로 다가갔다. 어슬렁거리는 느린 걸음으로 창문에 얼굴을 맞대며 희미하게 젖어가는 모습을 보았다.

차는 다니지 않고 빗소리만 거세지더니 바깥쪽에 자가용 한 대가 급히 몸을 털며 미끄러질 듯 아슬하게 길 위를 달려와 앞집 정원에 쏠려 내려가듯 차를 주차한다. 비 맞으며 뛰어가는 모습을 보며 빗소리 잦아들 무렵에야 가족실의 서재를 떠나 정원이 보이는 1층 거실로 내려갔다. 두 사람이 소파 위에서 발을 뻗고 핸드폰을 조작하며 있었다. 30대를 훌쩍 넘긴 그들은 생을 살아갈 방향도 목표도 없는지 무겁고 땅딸한 작은 여자를 기둥 삼아 매달리고 있다.

길 위를 스쳐 쏟아지는 빗물처럼 세상의 구석진 곳에서도 삶은 어떻하든 이뤄지고 있다. 가진 것 없이 인간으로 오게 된 나일지라도 형형색색 다양하게 보이어지는 삶의 길은 두려움과 공포로 마주해진다. 여러 갈래의 길은 대부분 이정표가 있지만 가장 두려운 것은 터널 속 길이다. 시시각각 다가오는 발걸음을 잊고 팽개치며 온 길은 무모하였지만 두렵지는 않았다. 가끔 애들과 있다가도 적막 속에서 창문을 보며 멍하니 생각에 잠길 때는, 뒤에 누군가 서 있어 어깨를 짚는 기분이 들 때가 있다. 참서럽고 슬픔으로 하얘진 나의 두 손을 깍지 끼고 핏줄이 도드라진 창백한 얼굴로 언제가 마주할 곳, 그를 느껴왔다.

우리는 혼자 이 길을 망울 멍울 거리며 왔고 막상 가려 하니 길은 마법을 부르고 길 위에 섰을 때 용감하게 걸을 것이다. 누군가를 외치면서 나를 돌아보라고 하지 않을 것이다. 신(神)은 한쪽으로 살아온 길을, 한편으론 살아갈 길을 보여주셨다.

선택도 비교도 다름도 보여주지 않으셨다. 그것은 나의 문제라 삶이 비록 예정에 없었던 변화가 일어났다고 해도 바닥은 내가 근원이기 때문이다. 무슨 조화로 걸음을 멈춘 비가 음울한 실내 공기를 데리고 가더니 젖은 도로에 소리 없이 흘러서 간다.

삶의 구석진 이 거리 저곳에서

북유럽 여행을 떠났다. 별생각은 없었지만 4년을 기대하며 기다렸던 여행이었다. 늘 그렇듯이 기대는 좋은 감정이고 불편도 깨달음을 주니 여행의 동반자이다. 삶터가 다르고 환경과 장소도 때와 위치에 따라 달라 사람도 행색이 다양하다. 노란 머리, 까만 눈동자, 유들유들한 뱃살, 깡마른 몸, 검은 피부 등 언어도 다채롭게 구사하지만 알고 보면 똑같은 표현이다. 사람 사는 곳이 행적은 초라하고 누추해도 비릿한 짠 내 희번덕거리는 불안한 눈빛들은 같아 보인다.

여행을 통해 자신의 변화와 나를 관조하기 위해 무거운 짐을 끌고 11일의 여정을 이곳저곳 힐끔거리며 누비고 다녔다. 5월의 밝은 햇살 아래 두근거리는 가슴은 6일 밤 9시 40분에 드디어 일행을 만나게 했다. 인천공항의 라운지에서 마주한 그들은 중학교 퇴직 교사로 2명의 교장을 포함한 30년 계모임 친구들이었다. KLM 왕관표 모양의 네덜란드 항공기를 타고 10시간 넘어 도착한 공항에서 인종 시장을 방불케 하는 웅성거림이 배타적인 편견이 조금 있는 나에게 새로운 의미처럼 다양하게 느껴졌다.

같이 가고자 했던 막내가 취업 면접으로 못가서 시집 간 작은 딸을 데리고 갔다. 시어머니께서 35개월 난 손자를 봐주겠다고 하여 어려운 허락을 받고 온 딸이 훌륭한 도우미가 될 줄은 미처 알지 못하였다. 아마도 딸역시 여행에서 자신의 소중함, 가치를 깨닫게 되리라고 상상도 못 했으리라 여긴다. 영어를 조금 한다고 말한 딸은 주부가 돼서 그렇겠거니 여겼다. 암스테르담 공항에서 노르웨이 가려는 비행기를 2시간 넘게 기다려 탑승 절차를 밟던 중, 항공편이 달라서 나 혼자 머무를 처지가 되었다.

급히 네덜란드 항공 직원의 안내와 친절로 overbooking이라며 다음 비행기표 가졌던 나와 딸은 공항에 남겨졌다. 직원과의 대화 과정에서 영어가 소통되었다고 여겼던지 우리 일행을 데리고 온 J 선생은 노르웨이 스타방게르 공항에서 보자고 하며 급히 일행들 틈으로 사라졌다. 덩그러니 남겨지게 된 우리는 두려움에 앞서 매정하고 무책임한 그의 행동에 분노했지만, 이것이 오히려 딸의 숨어 있던 기지를 밝혀내게 하여 고맙다고 해야 할 처지가 되었다. 노르웨이 스타방게르, 베르겐 거리 등 스웨덴의 스톡홀름, 핀란드 헬싱키, 네덜란드 암스테르담시, 교외에서 그나마 일정에 맞게 진행되어 다닐 수 있었다.

잦은 거리에서의 혼란과 막힘, 자신의 고집 때문에 잘못을 바로 고치려 들지 않고 시행착오를 자유 여행의 경험으로 돌리려 하던 안일한 태도의 J 선생을 평균 60이 넘는 우리 일행들은 순진하게도 나처럼 영어로 말하기가 시원찮아 우왕좌왕하면서도 병아리처럼 재재거리기만 하였다. 공항에서, 기차역에서 트램을 타며 지하철을 탈 때도 불평하던 딸이 어느새 관광지 곳곳의 길 찾기, 안내, 상점에서 구매 물품의 구매 돕기, 일일 구매권 등 부지런히 검색하며 찾아 돕는 딸을 보며 도움이 필요할 때 즉시 도와주는 태도에 새 모습을 보아 참 흐뭇하였다.

사람이 가끔 생각 못한 일에서 자신을 돌아볼 때가 있다. 특히 여행은 그런 다리의 역할을 하는 것 같다. 여정으로 이어지는 여행은 앞날에 무슨 일이 일어날지도 모른 채 기대와 안전과 열망을 갖고 새로운 곳으로 가서 세상의 삶터 이곳저곳을 횡보하는 것 같다. 우리는 이름도, 주소도, 성격도, 희망도 모르는 사람들 사이를 수없이 지나가며 돌아보며 살았다. 행여 인연이 닿아도 잠시, 간단한 대화뿐이다.

이웃을 모두 만나 친구할 수는 없지만 어쩌다 가로 세로로 엮이게 되면 별의별 사연이 만들어지고 때론 힘들어한다.

밤 9시가 되어도 해가 지지 않았던 노르웨이에서 무뚝뚝하고 그리 애쓰지도 않으면서 도움이 필요하다고 여기면 나이를 막론하고 다가와 길을 가르쳐주고 버스, 트램, 기차 등을 이용하게 도와준 사람들. 스웨덴 거리는 비록 쓰레기가 굴러다니고 공원 안쪽 후미진 곳에 수북이 쌓여 있는 담배꽁초로 불결했지만 뭉크 박물관을 친절히 안내하고 연어 음식을 맛있게 한다고 자랑하던 음악 식당의 저녁은 아름다웠다.

핀란드 헬싱키 스톡만 백화점에서 저녁 식사로 스시점에서 허겁지겁 먹다가 가방을 통째로 도난당하였다. 여권을 잃어버리고 핀란드식 사우나 체험 일정을 망쳤음에도 로밍된 휴대폰을 빌려주면서 위로를 주던 일행들, 11분 거리에 있었던 한국대사관, 당직이 아니었음에도 남아서 재발급을 도와주고 기다려 주었던 여직원분, 가이드 J 선생의 기밀한 대처도 참 고마웠다.

살아가는 데 꽃길만 있진 않으리라 아무리 생각해도 신은 항상 어느 한쪽만 보여주는 게 아닌 것 같다. 겪어야 할 일이 생기면 동시다발적으로 패를 보여주는 것 같다. 상실과 절망과 고통이 우리를 힘들게 할 때도 조만간 즐거움, 행복과 사랑을 베풀어 준다고 여긴다. 장소와 시간이 문제가 아니고 내 마음먹기인 것 같다. 사람이 중요한 것은 평등하고 균형적이며 자유를 존중하고 삶을 소중히 해야 한다는 것이다.

여행에서 만난 고통과 위기는 어쩌면 사람들에게 순간에서 현실로 도약하게 하고 용기를 주며 기회가 될 수도 있다고 여긴다. 준비된 자만이 살아남을 수 있음을 깨달으며 많은 것을 느끼게 한 여행이었다.

봄

등골 시려 가슴조차 저렸던 날
밤의 장막 위로 휘장을 거두며
빼꼼히 살피는 초록의 눈
아장거리는 조그만 흰 발이 걸어 나온다

벗은 등 사이로 햇살 가득
접힌 채 움츠려 있던 날개
힘차게 요동치며
양날의 검처럼 펼쳐진다

무대 위에서 옹알거리던 소리
웅성대더니
생령(生靈)의 기운, 객석을 일으킨다

허~

검은 눈빛 생경한 소년을 보며
박장대소(拍掌大笑)하는 나

바람아

벗은 등 위로 타들어 가던 여름의 한낮을
시원하게 벗어던진 가을 민낯의 오후

머언 바다로부터 으르렁거리며 흰 이빨을 드러낸 비, 바람
산야를 지나갈 때

바람아
애꿎은 사람 등 두드리지 말고
시류에 타들어 충혈진 두 눈과 세 치 짧은 혀로 교만 부리는
허 허~
나를 데리고 가다오

산등성이 모질게 지나오며 숲을 콩나물 뽑듯 솎아대던 너
그대의 분탕질은 그로 멈추어다오

이제 본연의 마음으로 넓은 들과 순한 양 떼가 맛나게 풀을 먹
고 있는
푸른 창공 초록의 밭을 끝없이 펼쳐

후~우 쉬어 가렴

갈등

뚝

눈물

뚝

심장에 퍼지는 열화

뚝

고슴도치 딜레마

뚜 뚜 욱 뚝 역류하는 마음

너와 나의 관계는

페르소나(persona)

마른 꽃잎 흩어져

최레지나

은하수에 하얀 모시치마 걸어놓고
못다 한 자식 걱정 쏟아지는 밤

약력

서울 출생. 시계문학회 회원. 공저: 『奇緣』 외 다수.

천사 옷

땅에는 순백의 날개를 단 하얀 천사
5월을 연다

별의 날갯짓으로 하얀 솜털 옷 입은
바람난 천사들

어디에 자기 종족을 남길까
들판을 하얗게 지배하고

돌 틈 사이 숨어
깊이 뿌린 생명

하늘을 향해 노란 미소로
봄을 부른다

내 친구

매화꽃 향기를 맡으러
나의 손 끌고
새벽 기차를 타는 친구

시원한 우물 안에
수박 담궈 놓고 부채질하며 나를 기다리는 친구

가을 소식 전하며 붉은 단풍잎 담아 풋밤 보내준 친구

함박눈이
온다는 소식 듣고
설산에
발자국 남기러 가자고
밤잠을 설치게 만든 친구

이런 친구 바로 당신

민들레

길모퉁이 돌면 발끝에 닿는 민들레 하나
돌아가는 사람마다 밟고 간다

길가 멋대로 피는 꽃이지만
땅속 깊이 뿌리내리며 겨울을 이긴다

낮은 자세로 하얀 솜털 씨앗 바람에 실어 마음대로 하늘을
지배하면서

넓은 축구장 두려움 없이 하늘을 보는구나

궁궐 정원에 소리 없이 들어가
새털 같은 잔디 위에 뾰족 내밀고

땀 흘린 농부 밭에 먼저 싹을 틔운다

집 간장

맑은 하늘빛이 항아리 안에 들어오면
어머니 얼굴이 보인다

일 년 먹을 집 간장
정월에 정성을 담그셨지

깊은 장맛은 그 집안에 복을 주고
맛없는 장 집안에 우환이 깃든다고
믿으셨던 어머니

출산한 산모의 빠른 회복
보약 같은 깊은 맛
집간장 미역국

항아리 뚜껑 열면 까맣게 발효된
간장 위 웃는 내 얼굴 떠 있네

엄마

한여름 툇마루 시원한 바람, 매미 소리
낮잠 자는 엄마 귓전에 머물면

느티나무 그늘 아래 삽살개 눈 감고
빨랫줄에 앉은 고추잠자리 일광욕 중

봉선화 약지 손 뻘겋게 물들 때
더위는 깊숙이 옆에 있네

하얀 은하수에 모시 치마 걸어놓고
못다한 자식 걱정 쏟아지는 밤

둥근 달 속 미소 짓는 울 엄마 얼굴

유태표

나에게 글을 쓰는 것은 마음을 추스르는 작업이다.
현상의 본질에 대해 사유하고 그것을 감성으로
표현해내는 작업이다.

수필

손자바보

수수

지눌

약력

서울 출생. 고려대학교 법학대학 졸업. SK 종합상사 임원. 중부도시가스 부회장.

손자바보

올해 큰손자 놈은 초등학교 5학년이 되었다. 얼마 전까지만 해도, 집안에서 노는 꼴을 보면 누굴 닮아 저럴까 싶을 정도로 부산스럽고 장난스럽기가 이루 말할 수가 없었다. 저놈이 저렇게 산만하면 공부나 제대로 할 수 있겠나 싶을 정도로 걱정도 했다. 동생들이 셋이나 생겨 점점 인기가 떨어지니까 관심을 끌기 위해 더욱더 그러는 게 아닐까 싶기도 했다. 그러나 아내는 전혀 그런 내색을 하지 않고, 미운 일곱 살부터 몇 년간은 원래 그렇다고 했다. 자손에 대한 관심과 사랑은 근심과 걱정이라고 생각하는데 아내는 별 걱정을 다한다는 듯이 태평스럽기만 했다. 그런데 금년 들어서 그 아이의 태도가 조금 달라진 느낌이다.

주말엔 손자들과 영상통화를 하는데 막내한테 수화기를 빼앗기면 빼앗기는 대로 양보할 줄도 알고, 나와 대화를 할 때 드문드문 존댓말을 쓰기도 한다. 하여튼 제 동생들과 경쟁하고 다투는 일은 많이 없어지는 것 같다. 나는 그런 손자가 대견스럽기도 하지만, 한편으로는 좀 안쓰럽기도 하다. 그런데 안쓰러운 마음이 드는 것은 왜일까? 철들어간다는데 반길 일이 아닌가? 일본에서는 초등학교 4학년부터 중학교 입시 준비에 들어간다. 사립학교에 들어갈 아이들은 더욱 입시 경쟁이 치열한 것 같다. 작년에 도쿄에 갔을 때, 입시 준비에 대해 그놈에게 잔소리를 해 준 것이 부담이 됐을까? 그 조그만 어깨에 너무 무거운 짐을 얹어 놓은 건 아닌가? 돌아오는 길에 비행기 안에서 몇 번이나 그 애가 안쓰럽고 딱해서 내가 괜한 욕심을 부렸나 후회하기도 했다.

7월 중순경 아내와 함께 과일 가게에 갔는데 새파란 사과가 나왔길래 '아오리사과'라 믿고 몇 개를 사온 적이 있었다. 그 맛이 너무 시고 떫어서 한 개도 다 먹지 못하고 몽땅 버릴 수밖에 없었다. 알고 보니 그 사과는 내가 일본에서 먹던 '아오리사과'가 아니라 철이 덜된 풋사과였던 것 같다. 나무에서 따내어진 철이 덜된 사과는 희망이 없다. 나무에 열려 있으면서 따내어질 때까지 만고풍상을 겪어내며 철들기를 기다리는 사과는 희망이 있다. 손자 놈이 겪어내야 할 만고풍상을 생각하면, 할아버지인 내 마음은 안쓰럽고 불안하다. 손자야! 너를 위한 나의 기도가 하늘에 닿을 것이다. 그러면 시간이 너를 몰라볼 만큼 멋지게 만들어 줄 테니…

　지난 5월 초에 아들 손자 손녀가 와서 나흘 밤을 지내고 갔다. 광교호수공원에 가서 놀다가 돌아오는 길에 "집에 가서 저녁 먹자."고 했더니 손자 놈이 내게 아주 조용한 어조로 이렇게 말했다. "저녁을 어떻게 먹어. 저녁밥을 먹어야지." 손자는 그렇게 말하고는 알아들었는지를 확인하려는 듯이 나를 말끄러미 쳐다봤다. 그래서 나는 분명하게 "네 말이 맞다. 내가 그걸 몰랐구나. 성우가 이제 많이 컸네." 대견스레 그놈의 머리를 쓰다듬어 줬다. 그놈이 나를 더욱 더 놀라게 한 것은 그 다음 말이었다. "그건 당연하지. 할아버지는 한국 사람이잖아!!" 이 말을 듣는 순간, "아! 이놈이 이제 보니 일본 사람이구나." 하고, 그때까지 몰랐던 것을 알아낸 것처럼 짜릿한 충격을 느꼈다. 그 녀석은 전에도 도쿄에서 몇 번인가, 내가 일본말을 잘못 쓸 때 지적해서 고쳐주곤 했는데 나는 그 이유를 그제서야 알게 된 것이다.

수필 숙제를 완성하려면 딸의 도움이 필요하다. 내가 모바일 폰의 메모장에 글을 써서 딸에게 카카오톡으로 보내면, 딸은 그것을 컴퓨터에 입력시켰다가 아내의 이메일로 보내고 아내는 그것을 프린트 아웃해서 내게 준다. 이렇게 복잡한 과정을 거쳐서 숙제가 완성되는 것이다. 나는 이렇게 힘들게 쓴다. 이런 과정에서 딸이 내게 귀띔해준 것이 있다. "성우가 개구쟁이고 말썽꾸러기 같지만, 그렇지 않아요." 도쿄에서 조카들을 데리고 식당엘 갔는데 손자 놈이 아주 정중한 태도로 종업원에게 물수건을 달라고 하는데, 예의 바른 언어를 쓰고, 구석구석 동생들을 잘 챙기더란 것이다. 식사가 끝난 후 집으로 돌아오는 도중에 딸아이가 손자 놈에게 물었단다. "너는 아까 식당에서 아주 점잖던데 왜 집에서는 그렇게 까불어대니?" 그랬더니 그놈의 대답이 이랬단다. "식당은 우리 집이 아니니까 조용히 해야 하고 종업원은 가족이 아니니까 예의 바른 언어를 쓰는 게 당연하지."

나는 그 말을 듣고 무척 기뻤다. 한편으로는, 그 애와 내가 정체성에 의해 분별 되는 것이 섭섭하긴 했어도 말이다. 그 애는 일본 사람이 되어가는 것이다. 유가에서 '칠정(七情)'을 감추고 '예(禮)'를 갖추어 군자가 되듯이, 일본에서는 '이치닌마에(一人前)'가 되는 것이다. '이치닌마에'. 이 말은 문자 그대로 '한 사람 몫'이라는 뜻인데 일본의 독특한 문화라고 할 수 있다. 나라를 형성하는 전체 중에 '한 사람의 몫'을 말하는 것으로 자기가 맡은 역할을 다하는 '한 사람'을 뜻한다. 화엄 사상의 내용을 집약한 '일즉다 다즉일(一卽多 多卽一)'과 비슷하다. 중국에서 말하는 '군자'는 국가를 다스리는 소수의 집단을 말하지만, 일본에서의 '이치닌마에'는 그 대상이 국가를 구성하는 모든 사람들이다. 그런 사고는 전체주의로 빠지기도 쉽지만, 전후에는 그것이 개인주의로 발전하여 유럽의 선진국과 비교해 결코 뒤떨어지지 않는다.

일본에서 어른들이 설날이나 생일 때 아이들에게 해주는 덕담은 "어서 빨리 자라서 이치닌마에가 되어야지." 또는 "어! 이제는 제법 이치닌마에가 되었네."라고 하며 대견해 하는 말이다. "손자야! 어서 빨리 자라서 이치닌마에가 되거라. 그래서 사랑하는 내 아들의 고달픔을 덜어 주고 네 아비의 마음을 뿌듯하게 해주어라." 이제 사십 중반을 넘어선 내 아들의 얼굴, 삶의 때가 묻어있는 아들의 얼굴을 떠올리며 나는 더욱 안쓰러운 마음을 주체할 수 없었다.

아들을 통해 손자를 얻었지만, 이젠 손자를 통해 아들을 다시 얻은 것 같다. 그리고 아들과 손자를 보며 내 모습을 들여다본다. 아들과 손자는 나의 거울이라는 아주 평범한 진리를 칠십을 훨씬 넘긴 지금 깨닫기 시작하는 것이 부끄럽기도 하다. 요즘 나는 토요일과 일요일이 기다려진다. 도쿄에 있는 내 아들 손자들과 영상통화를 할 수 있기 때문이다. 작년 겨울, 손자에게 다섯 가지 지침을 주고 영상통화할 때 똑바로 서서 암송하라고 했더니 통화할 때마다, 국민헌장을 암송하듯이 막힘없이 잘 해냈다. "첫째, 수업시간 중 선생님 말씀을 집중해서 들을 것. 둘째, 상대방과 대화할 때는 반드시 그 사람의 눈을 보며 말을 할 것. 셋째, 약속을 했으면 반드시 지킬 것. 넷째, 친구들과 사이좋게 지낼 것. 다섯째, 어떠한 일에 대해서건 정직할 것." 이렇게 말이다.

그런데 요즘 들어서는 "다섯 가지 지침을 암송해 봐." 이렇게 말을 하면, "또 하라구?"라고 토를 달며 마지못해 그것들을 내 앞에서 외워댄다.

"또 하라구?" 이 말뜻은 무엇일까? 처음 몇 개월 간은 할아버지가 원하니까 신나게 외워댔는데, 할아버지는 왜 그 뻔한 것들을 자꾸 외우라는 것일까? 어느 때는 귀찮은 듯, 겸연쩍은 듯, 그러면서도 내 눈치를 흘낏 보고 웃음기를 덜어내며 손자는 다섯 가지 지침을 외워댄다. 나는 그런 손자가 너무 예쁘고 사랑스러워서 꼬옥 안아주고 볼에 뽀뽀해 주고 싶다. 이놈이 벌써 "왜 그럴까."를 생각하기 시작하는구나! '실존적 자각'이라는 게 별 건가! 그것은 존재가 실존으로 성숙하는 시작을 알리는 것이다. "왜 그럴까!"

그러나 손자야! 네가 홀로 알껍질을 깨고 나올 때까지, 결코 그 이유를 네게 가르쳐 주지 않겠다. 40여 년 간의 일을 마치고 은퇴한 후, 나는 얼마 동안 나의 길을 잃었었다. 내가 걸어온 외길, 익숙한 길, 눈 감고도 자유롭게 다닐 수 있었던 나의 길이 없어지고, 깜깜하고, 불안하고, 다른 이에게 물어가며 다닐 수밖에 없는 낯선 길로 바뀌었다. 단상에 있던 나는 단하에서 여러 무리 속에 이름 없이 섞이어 있다.

그런데, 깜깜한 밤중, 환하게 나의 길이 보이도록 내게 불빛을 던져주는 문수 보살! 나의 손자다. 손자바보의 길이 내게 열린 것이다. 그 길은 지혜의 길! 그 길을 따라 손자가 뚜벅뚜벅 걸어갈 수 있도록, 나는 죽을 때까지 그 애의 뒤를 졸졸 따라다니며, 손자의 데미안이 되어 속삭여 줄 것이다. "손자야 어서 빨리 알껍질을 깨고 나와 하늘을 날거라!! 파아란 하늘을 훨훨 날거라!"

수수愁愁

      늦가을 문턱, 우리 집 근처에 있는 호수 둘레길을 걷고 있다. 내가 걷는 코스에는 나지막한 숲길도 있고 그 길을 벗어나면 호수를 끼고 걸을 수 있는 둘레길이 펼쳐진다. 그렇게 걷다 보면 호수는 다시 숲에 가려 보이지 않게 되고 어렸을 적 기억에 낯익은 시골길을 만난다. 그럴 때면 용인으로 시집간 누님 집을 찾아갈 때, 십여 리 길을 걷던 일이 생각나기도 한다. 나를 업어 키우셨다는 누님, 어머니보다 더 무서웠던 누님, 돌아가신 어머니만큼이나 연세가 되신 누님 집을 찾아 오늘도 나지막한 고개를 넘고 있다.

    나무는 종류가 다양해서 단풍 색깔도 가지가지이다. 햇살이라도 반사하게 되면 마치 명절 때 새로 지어 입은 색동저고리처럼 화사하기까지 하다. 그러나 그 화사함 속에 아름다움만 있을까? 슬픔도 함께 들어있겠지 하는 마음을 감출 수 없다. 저 나무들의 슬픔은 과연 어떤 모습일까? 슬퍼질 때는 화사한 옷들을 꺼내 입는 걸까? 생명의 유한성에 대해 거부하는 몸짓을 저와 같이 하고 있는 걸까? 일체유심조(一切唯心造)! 모두가 내 마음이 지어내고 있는 것을⋯. 잠시 부질없는 생각을 하고 있었네. 나뭇잎은 하루가 다르게 색깔이 노쇠해져, 밝음에서 어둠으로, 부드러움에서 뻣뻣함으로, 그리고 삶에서 죽음으로, 그렇게 변해가고 있다. 마치 이렇게 걷고 있는 내 모습처럼 말이다. 언제나 가을은 내게 속삭인다. "있잖아, 그거, 응? 기억을 더듬어 보라구." 이렇게 말이다.

    육십 대 초반쯤 되었을까? 천안에 살았을 때, 나는 머리가 아플 때면, 승

용차로 삼십 분쯤 달려 공주 마곡사에 가곤 했다. 태화산에서 흘러내린 개울물이 마곡사를 왼편으로 끼고 휘돌아 흐르는데 경내로 들어가려면 극락교를 건너야 한다. 다리를 건너면서 극락 세계가 펼쳐지는데 5층 석탑 앞에 잠시 멈춰서면, 늘 그렇듯이 석탑은 나를 겸연쩍은 듯 물끄러미 쳐다볼 뿐이다. '극락세계는 뭘⋯.' 이렇게 말이다. 이곳저곳 기웃거리다가 선재길을 따라 올라가면, 산자락에 조그만 동네가 보인다. 옛날엔 사하촌쯤 되었겠지, 혼자서 제멋대로 상상해 보면서 걸음을 멈췄다가 다시 가던 길을 되돌아오곤 했다.

　나의 '소요유(逍遙遊)'는 대충 두어 시간 걸려 끝나는데, 산자락에 펼쳐진 늦가을의 모습에서 내 눈에 들어오는 것은 형형색색의 풍경이기보다는 오히려 처연함 또는 홀로 있음의 불안을 감출 수 없는 그런 것이었다. 이 장면에 어울리는 음악이 있다면 거창한 심포니보다는 현악기에 의한 소나타 정도가 더 어울릴 거라고 생각도 해보았다.

　고교 시절 국어 교과서에 실려있던 정비석 님의 금강산 기행문 「산정무한」은 그 당시 대학 입시에 많이 출제되던 주옥같은 글이었다. 나 역시 입시를 앞두고 있었기 때문에 이 글을 '안광이 지배를 철'하도록 읽었다. 가을 금강산을 묘사하는데 님의 무궁무진한 어휘가 쏟아지면서 산의 숨소리까지 놓치지 않고 수만 가지 나무들이 단풍으로 물들어, 서로 의지하고 어우러지는 모습을 그려나간다. 국어 선생님은 '님의 필체가 얼마나 유려하고 장엄하냐'고 감탄스럽게 말씀하셨지만 그 당시 우리는 그저 어안이 벙벙하기만 했었다. 지금 생각해 보면, 그 장관이야말로 화엄경에서 말하는 '사사무애법계(事事無礙法界)'를 서정적으로 그려낸 게 아닌가 내

멋대로 해석도 해본다.

우리에게 중요한 대목은 이 글의 전 중반보다 마지막 대목에 있었다. 시험 문제가 그곳에서 많이 나왔기 때문이다. 나는 지금도 마지막 두 단락을 외울 수 있다. 가을이 내게 더듬어 보라고 속삭이던 기억 중에 하나는 '수수'라는 것이다. "고작 칠십 생애의 희로애락을 싣고 각축하다가 한 움큼 부토로 돌아가는 것이 인생이라 생각하니 의지 없는 나그네의 마음은 암연히 수수롭다." 마의태자의 무덤 앞에서 「산정무한」은 이렇게 끝을 맺는다.

'수수롭다'라는 말뜻에 대하여 국어 선생님은 우리들에게 어떻게든 설명해 주셨으리라 생각한다. 그러나 달리 추측해 보면, 수수에 대해 긴 의역이 필요 없었기 때문에 잠깐 언급하고 넘어갔을 수도 있었겠다. 그래서일까? 나는 선생님의 수수에 대한 어의 설명에 대해 기억하고 있는 것이 전혀 없다. 다만 또렷이 기억에 남는 것은, 선생님의 설명은 내가 말끔히 이해하기에 부족했다는 사실이다. 그때 왜 질문을 못했을까? 모든 학생들이 이해하고 넘어가는데 혼자 미운 오리 새끼처럼 선생님께 질문할 용기도 없었지만, 내가 질문해야 할 내용에 대해 명료하게 말씀드릴 자신도 없었기 때문이었다. 그 이후 졸업할 때까지 선생님과 대화한 적은 한 번도 없었다. 그리고 수수는 질문하려다 만 상태로 내 목구멍 어딘가에 걸려 어른이 될 때까지 잠복하고 있다가 가을이 되면 내 가슴으로 내려와 '내 정체를 알겠니?' 하며 고개를 내밀곤 했다.

수수를 한자로 쓰면 가을 추(秋)자 밑에 마음 심(心)자를 쓴다. 근심할 수(愁)이다. '수수롭다'의 사전적 의미는 '마음이 서글프고 산란하다.'이다.

수를 파자(破字)해 보면 가을의 마음이 된다. 여기서 key word를 정리해 보면 가을, 마음, 서글픔, 산란함이다. 과연 이 네 개의 키워드를 가지고 수수의 퍼즐이 풀릴 수 있을까?

옛날 농경사회 시대, 가을은 아이들에게 풍요로웠다. 아이들은 새 옷을 입을 수 있었고 예쁜 신을 신을 수 있었으며 얼마 동안 배불리 먹을 수도 있었다. "한가위만 같아라." 잠시 스쳐가는 풍요를 아쉬워하는 말이다. 그러나 부모의 마음은 풍요롭지 못했을 거다. 수확한 식량으로 내년 보릿고개를 넘길 수 있을까? 딸아이의 혼수를 어떻게 장만하지? 월동 준비는 어떻게 하나? 작년 보릿고개 때 진 빚은 어떻게 갚아야 할까? 가을의 마음은 근심 걱정인 것이다. 그리고 근심 수 자를 두 개 붙여 쓰니 '근심 또 근심.' 마음이 산란하고 서글퍼지는 건 아닌지…. 그렇다고 이것이 내가 찾는 수수의 정체는 결코 아니다. 나의 감성적 구조는 결코 퍼즐 맞추기 정도로 풀릴 수 있는, 그렇게 단순한 구조로 되어 있지 않다. 퍼즐 맞추기는 이성의 영역이지 감성의 영역이 아니기도 하다. 파토스의 영역은 로고스의 영역보다 훨씬 복잡하다.

청소년 시절 기관지가 좋지 않았던 나는 가을이 되면, 심한 몸살감기로 일주일 이상 집에서 앓아눕기 일쑤였다. 가난한 집안이라 그저 낫기만을 기다리며 누워 있을 뿐, 다른 치료 방법이 없었다. 어머니는 내게 뜨거운 콩나물국으로 목을 지지면 낫는다고 하셨다. 입맛이 쓰더라도 먹고 기운을 차려야 한다고 하시며 안타까워하시곤 했다. 그때 어머니 모습을 생각하면 지금이라도 당장, 어디 아무도 없는 곳에 가서 큰소리로 엉엉 울고 싶다. 나는 가을이 정말 싫었다. 그 당시, 가을에 대한 나의 기억은 몸살감기, 콩나물국, 장기 결석 그리고 나의 어머니로 요약된다. 그런데 이상하게도 대학교에 입학하면서 가을 몸살감기는 내게서 천천히 떠나기 시작하더니, 바쁜 사회생활 속으로 빠져들면서 흔적도 없이 사라졌다.

나의 장년기 30여 년간, 나는 마치 범죄 전과자가 자기의 전과를 숨기며 살듯 철저히 수수를 숨기며 살았다. 내가 살았던 조직 사회에는 오로지 목표와 성과만 있을 뿐, 센티멘탈한 가을은 사치였다. 나는 아주 단순한 감성적 구조를 갖게 되었고 마치 독일 병정처럼 앞만 보고 달리는, 성취에 대한 욕망으로 꽉 찬 무사처럼 살았다. 그러니 그 욕망 속에 가을이 자리할 공간이 있었겠는가? 나는 지금도 그때의 영광을 그리워할 때가 가끔씩 있기도 하다.

수수와 다시 만나게 된 것은 천안에서의 15년간이었다. 내 나이 노년에 접어들었고, 그 조직 사회에서는 어른이었기 때문에, 수수를 밖으로 드러낸다 해도, 감히 내게 사치라고 시비할 사람은 없었다. 나는 천천히 파토스의 고향인 나의 가슴으로 돌아오고 있었는데, 수수는 아직도 그곳에 살고 있었다. 그리고 가을이 되면, 으레 수수와 숨바꼭질 놀이를 하곤 했다. 그럼에도 불구하고 수수의 정체에 대한 나의 의문은 여전히 가을이 짙어지면, 선승들의 마음속에 숨겨진 화두처럼 나의 가슴 속에서 뭔가를 기다리며 가만히 숨 쉬고 있다. 어느 때는 슬픔처럼 어느 때는 그리움처럼 또 어느 때는 홀로 있음의 불안처럼, 감기몸살처럼, 그리운 어머니처럼, 그러면서도 이 세상의 언어로서는 도저히 표현할 수 없는, '수수'는 내게 던져진 영원한 화두인 것 같다.

지눌

지눌 선사를 처음 만난 것은 8년 전쯤이었던 것으로 기억된다. 회사 도서관 한 귀퉁이에 외롭게 꽂혀 있던 책 한 권, 『지눌의 선 사상』이었다. 나는 '지눌(知訥)'이라는 법명에 이끌려 그 책을 읽기 시작했는데, 반쯤 읽었을까? 돈오론을 거의 읽고 난 후 무슨 일인가로 덮어둔 채로 있었는데 그 책은 사택으로 옮겨져 책꽂이 한구석에서 소박맞은 여인처럼, 그러나 고고하게 품위를 잃지 않고 퇴근해서 귀가하는 나에게 간단한 목례를 보내곤 했다. 그리고 수년이 지나, 다니던 회사에서 은퇴하고 집으로 돌아왔을 때, 그 책이 서재에 꽂혀 있는 것이 아닌가! 회사로 돌려보낼까 하는데, 지눌이 내게 꾸짖는 것 같았다.

"내 그대에게 내 마음을 주려 하는데 어째서 그대는 그것을 받으려 하지 않고 꾸물대고 있는가." 그 꾸짖음에 확연대오한 나는 책에 밑줄을 그어가면서 정독 삼매 하여 처음부터 끝까지 완독했다. 그리고 나서 나는 지눌에 대해서 수년간 가지고 있던 마음의 빚을 조금이나마 덜어냈다는 생각에 마음이 후련해지는 것을 느끼게 됐다. 지눌의 말대로라면, 나도 이제 돈오점수의 기초 단계인 해오에 접근한 게 아닐까? 망상에 빠지곤 했다. 나는 처음부터 끝까지 지눌에게 미안한 마음과 애정을 갖고 그의 책을 읽었기 때문에 그의 밑씀을 이해하는 게 전혀 어렵지 않았다. '이게 끝이에요? 더 하실 말씀 없으세요?' 마지막 장인 간화론을 읽고 난 후에 내 마음에 남은 독후감은 그랬다.

지눌 선사의 돈오점수론과 간화론은 800여 년에 걸쳐 선가의 교과서처럼 선승들에게 전승되어오고 있다. 지눌은 위대한 선사였을 뿐만 아니라, 명쾌한 분석력을 지닌 학승이었다. '선'은 부처의 마음이요 '교'는 부처의 말씀이라는 지눌의 선교 일치의 정신은 조선 중기의 서산대사에 의해 그대로 수용되고 매개되어 오늘날까지 한국 불교를 지배하고 있다. 일본에서도 불교학자라면 누구나 지눌의 돈오점수론에 많은 관심을 갖고 연구하고 있다.

　내가 지눌에 대해서 가장 알고 싶은 것은 다른 무엇보다도 그의 법명인 '지눌'의 의미이다. 알 '知'와 말더듬 '訥'을 합쳐서 풀이해 보면 "말더듬을 안다."라는 뜻이 되는데 나는 그 의미를 도저히 이해할 수가 없었다. 그런데 어느날 지눌을 생각하며 신대 호숫가를 걷던 중, '訥'라는 글자를 파자해 보았다.

　'訥'라는 글자는 말씀 '언'변에 안 '내'자를 합친 글자인데, 말이 입 속에 갇혀있는 모습이다. 말이 목구멍에 갇히어 입 밖으로 나오지 못하는 것이다. 목구멍에 갇혀 입 밖으로 나오지 못하는 말의 정체는 무엇인가? 부처는 깨달음을 얻은 후 45년 간을 제자들에게 말씀으로 가르쳤다고 한다. 그 말씀들을 모아 시기 별로 또는 내용 별로 정리해놓은 것을 '경(經)'이라고 부른다. 그런데, 부처님은 죽음에 직면해서 제자들에게 다음과 같이 말씀하셨다고 한다. "나는 깨달음을 얻은 후 지금까지 단 한 글자의 말도 하지 않았다." 이건 또 무슨 말씀인가? 글 팔만대장경에 나오는 말씀을 다 해오셨으면서 부처는 어찌 한 말씀도 하지 않았다고 했는가? 부처는 목구멍 속에 걸려서 입 밖으로 내뱉지 못하는 '무엇(訥)'을 입 속에 지닌 채 입적한 것이다. 선가에서는 그 무엇'을 부처의 마음이라고 한다. 마음은

166

말씀이나 글로써 전할 수 없다. 마음은 단지 마음으로써 전할 수밖에 없다. 이것을 불가에서는 이심전심(以心傳心)이라고 한다. 부처의 마음을 찾기 위해 선승들은 평생토록 참선 수행을 게을리하지 않는다. '지눌(知訥)'이란 부처의 마음을 안다는 뜻이다.

내 아들의 가족들은 일본에서 살고 있다. 나는 1년에 두어 번씩 애들을 보러 간다. 오랜 시간 도쿄에서 살았던 나는 서울의 지리보다 도쿄의 지리가 훨씬 익숙하고 복잡한 도쿄의 전철 노선도 내게는 큰 문제가 되지 않는다. 공항에서부터 애들 집까지 전철을 타고 갈 때면 애들을 곧 만날 기쁨에 마음이 설레곤 한다.

도쿄에 가면 보통 2~3일 정도 묵은 뒤 돌아오곤 하는데, 항상 돌아오는 비행기 안에서 '아! 이런 얘기를 해줬어야 하는데 못했구나.' 하는 아쉬움이 많이 남는다. 특히 내 아들과 손자들에게 들려줄 말을 가기 전부터 많이 준비하고 가는데, 내가 한 말들을 그 애들이 잘 알아들었을까? 나는 이런 뜻으로 얘기했는데 전달이 잘 되었을까? 돌아올 때면 빠뜨리고 못한 얘기가 너무 많아 늘 아쉬움을 잔뜩 지고 돌아오게 된다. 아비가 아들에게 꼭 전해줄 말을 나는 번번이 다하지 못하고 돌아오곤 한다. 그리고 내가 아무리 많은 말을 애들에게 한들 애들이 제각각 달리 알아듣는다면, 나는 아무 말도 하지 않은 것이 된다. 내 목구멍에 걸려서 입 밖으로 나올 수 없는 것은 무엇인가? 그것은 말로써 표현할 수 없는 '마음'인가? '이심전심'으로밖에 전할 수 없는 언어도단의 '눌(訥)'인가?

지눌은 그 '눌(訥)'을 알아내기 위해 끊임없이 수행에 수행을 거듭했다.

그는 돈오점수의 과정을 끝없이 되풀이하는 평생의 수행 끝에 모든 분별의 '앎'을 내려놓고서야 마음(진심)을 찾았다고 한다. 지금까지 아이들에게 분별의 앎을 가르치고, 강요하고, 전달이 잘 되지 않으면 짜증을 내곤 했던 게 아닌가? 지눌은 깨달음(증오)을 얻기 전 심한 알음 앓이로 시달렸다고 한다. 나도 지금 알음알이 병에 걸려 신음하고 있는 건 아닌가?

아! 나는 얼마나 잘 살았기에 아이들에게 나의 삶의 틀을 강요하고 있는가? '강을 건넜으면 뗏목을 버려라.' 금강경에 나오는 말이다. 뗏목이 아까워 버리지 못한다면, 영원히 저 언덕에 오르지 못한다는 말이다. 데미안이 싱클레어에게 속삭이듯이, 지눌은 내게 이렇게 속삭인다. "목구멍에 걸려있는 것을 군이 뱉으려 하지 말게! 그걸 뱉는 순간 그대는 요즘 말로 구라를 치는 거야! 그리고 자네가 타고 온 뗏목을 통째로 버리게. 아이들은 자기들만의 뗏목을 열심히 만들고 있다네. 끝으로 한마디 하겠는데, 나는 지금까지 자네에게 한 마디의 말도 한 게 없네."

김숙자

바람이 떨구고 간 은행열매들, 밟히면 물컹거리지만
그 속에 단단한 열매를 감추었지요.
그 독특한 향 때문에 싫어하는 이들이 많은데
언제부턴가 그 향이 좋아졌습니다.
함께한 시간이 많아서 일까요.
글이 제게 그런 향으로 남아 있으면 하는 바람입니다.

수필

월하미인
들깨 이야기
불편한 동거

약력

2007년 『문학저널』로 등단. 한국문인협회 회원. 한국문인협회 용인지회 회원.
용인여성문학회원. 시계문학회 회원.

월하미인

저녁 무렵이면 하얀 옷을 나풀대며 내게 다가와 속삭였습니다. 달빛처럼 하얀 당신을 바라보는 순간 무아경에 빠져들고 말았습니다. 무엇에도 마음을 송두리째 빼앗긴 적 없건만 당신만은 절대 강자로 내게 군림을 하기 시작했습니다. 해바라기가 되어 늘 바라보고 싶었습니다. 어떤 미사여구로도 표현할 길 없는 답답함이라니. 여름과 함께 꽃은 흔적 없이 사라져 버렸지만 더 큰 열매로 기쁨을 줍니다.

3월 어느 날 꽃집에 들렀다가 호기심에 인연이 시작되었지요. 처음엔 꽃만 피고 열매는 맺었다가 이내 떨어지고 말아 내 속을 까맣게 태웠습니다. 해 질 녘에 피어나 달빛 아래 모습을 내보이고 고독한 밤을 지키다 아침햇살에 스러지는 것을 몰랐습니다. 낮이면 꽃잎이 시들어 있어 고개를 갸우뚱거려야만 했는데 한참을 지난 후에야 알게 되었습니다. 아열대 지역이 고향으로 우리나라에 살게 된 지는 2000년이 넘었더군요. 이삼월에 파종을 해서 유월에서 구월 사이에 주로 달밤에 활짝 피어나 월하마인이란 애칭까지 갖고 있었지요. 잎도 호박잎과 거의 흡사해서 구분하기 어려웠습니다. 열매가 맺히기 시작하자 하루가 다르게 쑥쑥 커져갔습니다. 색은 또 얼마나 고운지요. 연한 녹색에 아이보리색이 새털구름처럼 수를 놓아 마치 비취옥을 연상케 합니다. 조롱박인 줄 알았는데 나물박이란 사실도 뒤늦게 알게 되었습니다.

인터넷에 들어가 보니 임금님 수라상에 오르던 귀한 음식이며 노화 방지와 피부 미용으로도 그만이며 노약자, 임신부, 어린이에게도 좋다고 하였습니다. 직접 나물을 볶아서 먹어 보니 입안에 착착 달라붙는 쫀득쫀득한 맛이 일품이었습니다. 건강 다이어트 식품으로 인기가 많지 않을까 생각해봅니다.

생을 다하고 익어버린 박을 우리 부부는 흥부가 되어 톱으로 타기 시작했습니다. 그것 역시 쉬운 일은 아니었지만 두 개는 항아리처럼 윗부분을 가로로 자르고 나머지 하나는 세로로 잘라서 속을 파내고 바가지를 만들었습니다. 들통에 물을 가득 붓고 삶아서 겉 부분은 칼로 긁어내고 햇볕에 며칠 말렸더니 무겁던 몸이 수분이 증발하자 가벼운 바가지와 박 항아리로 재탄생을 하였습니다. 생전 처음 키워보는 일이라 그저 신기하고 말할 수 없이 기뻐 내 집을 오가는 사람들을 붙잡고 자랑하기 바쁘답니다. 자식을 키워 출가시키는 부모의 마음입니다. 문갑 위에 장식으로 예쁘게 올려놓았습니다. 내년에도 또 심으려고 씨앗도 말려두었지요.

남원에서는 그 고장의 축제로 박을 많이 심어서 박 축제를 한다고 들었습니다.

이렇게 맛있는 나물박이 왜 시장에 가면 없는 건지 이해가 가질 않습니다. 호박을 폄하하는 건 아니지만 훨씬 차원이 다른 맛을 가지고 있는데 호박만큼 사랑을 받거나 인기가 없는지 말이지요. 누군가 내게 어떤 음식이 가장 맛있느냐고 어느 꽃을 좋아하느냐고 물어온다면 서슴없이 박나물이라고 말할 수 있고 가장 예쁜 꽃은 박꽃이라고 이야기할 수 있습니다. 박꽃을 만난 올해가 나에겐 행운이었고 그로 인해 지금 너무 행복합니다. 박꽃이 함께 있는 한 언제나 행복할 겁니다.

들깨 이야기

　　산자락 아래 위치한 구불구불 작은 우리 밭, 온갖 산새들의 재잘거림과 운이 좋으면 물안개가 피어오르는 것도 볼 수 있는 무릉도원이다. 삶에 지쳐있을 때 따뜻하게 품어주고 위로해 주는 어머니의 품속 같은 곳이다. 수 년째 고구마를 심어 친정과 시댁 식구들에게 나누어 주는 기쁨과 행복을 선물받는 곳이기도 했다. 겨우내 고구마를 구워 먹는 재미는 여간 쏠쏠한 게 아니었다. 하지만 근래에 고라니가 출현해서 그 밭의 주인이 되어 버린 뒤 고구마는 더 이상 내 것이 아니었다. 궁여지책으로 그 자리에 들깨를 심었다. 동물들이 들깨의 그 특유한 냄새를 싫어해서 먹지 않는다는 이야기를 어디선가 들었기 때문이다.

　들깨 씨앗을 얻어서 밭을 갈아 흙을 고르고 고랑을 만들어 들깨 씨를 남편과 함께 뿌려주었다. 처음에만 거름을 주었지 그리 손도 가지 않았다. 빽빽하게 자라난 어린 들깻잎은 솎아내어 나물로 무쳐 먹었다. 여름 내내 큼직큼직 자라난 깻잎을 따서 지인에게도 나눠주고 장아찌도 해 먹고 깻잎쌈도 원 없이 싸서 먹었다. 닭갈비에도 빠질 수 없는 재료이고 고추장 삼겹살에도 그만 아니던가. 들깨의 향긋한 냄새는 또 얼마나 좋던가. 처음 치곤 너무 잘 자라준 들깨, 생전 처음 수확해 보는 거라 인터넷을 검색해 보니 10월 하순에 수확을 하라고 적혀있다.

　남편과 함께 휴일날 밭에 나가 마른 들깨 가지를 낫으로 벼서 널어 말린다. 이미 다 익어버린 들깨 낟알들이 바닥으로 우수수 떨어지기 시작한다. 그것들은 내년에 다시 예쁜 싹을 틔어 주겠지. 일주일 뒤 돗자리를 깔고 막대기로 탁탁 두드리니 기다렸다는 듯이 들깨 낟알들이 끝도 없이 떨어져 내린다. 쏟아져 내리는 들깨 낟알의 그 소리는 세상에서 들어 본 적 없는 제일 아름다운 노래 같다. 농부는 수확의 기쁨으로 1년 농사를 짓는 것이리라. 키가 있어야 하는데 파는 곳도 모르고 구할 곳도 없어 종이 박스로 임시방편으로 만들어 키를 켠다. 쭉정이와 티끌, 검부러기를 골라내야 하는데 처음 해 보는 거여서 생각보다 힘들고 팔도 아파 기진맥진이다.

알곡을 대강 골라내어 방앗간을 찾아가니 초보 농사꾼을 단번에 알아본다. 저울 눈금이 두말이다. 12킬로 이게 웬 횡재인가. 한 말에 5병이 나온다니 그럼 10병씩이나 내 입은 싱글벙글 첫 수확치곤 너무 잘했다고 스스로 자화자찬이다. 방앗간에서 목욕 재배를 마친 들깨는 한 시간을 넘게 기다린 끝에 볶는 과정을 거쳐 기계에서 깻묵과 들기름으로 변신을 해서 병에 담겨 얌전하게 앉아 있다. 사돈댁과 시어머님, 가까운 친지들께 드릴 생각을 하니 흥이 절로 난다. 지난 주말 사돈댁에 보내드리니 직접 농사지은 거 아니냐며 너무나 고마워 하셨단다. 시어머님도 이렇게 귀한 걸 주냐고 기뻐하셨다. 아직 출가를 못시킨 들기름은 얌전하게 냉장고에 들어가 있다. 산패가 빨라서 냉장 보관해야 한다지. '너 알고 보니 참 까다로운 아이로구나.' 한 숟가락 떠서 입안에 넣으니 들깨의 향이 온몸에 좌악 퍼진다. 이곳저곳 보내고 남은 것은 아껴서 두고두고 먹으리라.

내년엔 참깨도 한번 심어봐야지. 하고 생각하다가 참깨는 동물이 싫어한다는 이야기를 못 들었는데 동물의 왕국이 되어 버린 그곳에서 참깨는 온전하게 자신을 지켜낼 수 있을까. 혹여 고구마처럼 보시만 하게 되는 거 아닌지 벌써부터 우려가 된다. 거리가 멀어 밭에 가는 것이 때로는 귀찮기도 하지만 수확하는 이 기쁨이 그 모든 것들을 상쇄시킨다. 그뿐이던가 순수한 동심의 발현과 시심을 돋우는 그 밭이 있어 난 가진 것 없지만 모든 걸 가진 듯 부자라는 생각이 든다. 땅은 정직해서 뿌린 대로 거두어들인다. 주인의 발자국 소리를 들으며 자란다는 농작물 내년엔 더 사랑하고 정성껏 키워보리라.

/

불편한 동거

　　　새벽녘, 비몽사몽 잠에서 깨어 화장실 문을 연 순간 놈과 나는 동시에 화들짝 놀랐다. 환한 빛에 놀란 놈과 흉측한 외모에 놀란 난 서로 갈 길을 잃고 우왕좌왕이다. 수십 개의 다리가 있어서 순간 이동력은 매우 빠르고 모습은 또 얼마나 징그럽던가. 난 비명을 질러대고 놀라서 여기저기 출구를 찾아 헤맸다. 궁하면 통한다고 했던가. 재빠르게 샤워기의 뜨거운 물을 마구 뿌려댔다. 잠시 후 놈의 몸이 축 늘어졌다. '이젠 죽었겠지.'라고 생각하며 다시 혼곤히 잠속으로 빠져 들었다.

　아침 여섯시 평소처럼 눈이 번쩍 뜨였다. 난 벌떡 일어나 화장실 문을 살그머니 열며 흔적을 찾았다. 그런데 보이지 않는다. 순간 또 놀라서 안절부절인 놈이 내 눈에 들어왔다. 세상에, 뜨거운 물로 익사를 시켰건만 저렇게 멀쩡하게 살아있다니. 강인한 생명력에 놀라움을 금치 못했다. 하지만 살려둘 수는 없는 일, 남편을 불러 파리채로 즉사시켰다. 그 많은 다리가 제각각 떨어지며 부르르 떨었다. 며칠 전에도 거실에서 놈을 발견하고 죽인 일이 있는데 서로 부부관계는 아니었을까 하는 별별 생각이 다 머리를 스쳤다. 그 돈벌레가 어떻게 화장실에 침입했을까. 내내 궁금증이 가시질 않는다. 구멍이란 구멍은 다 막아 놓았는데 하수구를 타고 올라왔을까. 빛 없이 어떻게 살 수가 있고 뭘 먹는 걸까.

한 달 전 아파트 1층으로 이사 온 다음부터 생겨나는 일들이다. 전에는 단 한 번도 볼 수 없던 놈과 이제는 친해져야만 하다니. 동물들은 좋아하지만 유난히 곤충을 무서워하는 나로서는 어려운 과제를 부여받은 셈이다. 내가 사는 이곳은 산 주변이라 온갖 벌레의 서식처가 된다. 방충망 구멍보다 더 작은 날벌레는 수시로 오고가고 이름도 모르는 그 곤충들, 그들에게 이젠 손을 내밀어야 한다. 그런데 곤충들이 보기엔 무서울지 몰라도 사람들에게 해를 주지는 않는다고 한다. 자연생태체험 연수를 받으며 그들을 조금씩 알아간다. 곤충들에게 좀 더 너그럽고 가까워지려고 한다. 연수를 받으면서 대벌레도 만져보고 타란튤라 거미도 손바닥에 올려보았으니 말이다.

자연과 소통하고 새들과 곤충들과 친구가 되는 곳이 바로 1층 우리 집이다. 아침마다 베란다 창문 앞에 서 있는 나뭇가지에 새들이 포르르 날아와 앉아 재갈거리고 뒷산에선 뻐꾸기가 뻐꾹뻐꾹 노래를 불러준다. 나에게 기쁨을 주는 그 새들의 지저귐이 가까운 벗을 만난 듯 반갑다. 화분 사이로 거미줄 치기 바쁜 작은 거미들 예전 같으면 걷어내기 바쁠 텐데 이젠 가만히 두고 동거인으로 인정해준다. 자연은 우리 인간만을 위함이 아니기에 내가 그동안 가지고 있던 편견을 깨고 새로운 시각으로 그들을 바라보며 자연과 하나됨을 배우는 공간이다. 아직도 여전히 돈벌레와는 친할 수 없지만 곤충 그들이 무섭고 징그러운 게 아니라 인간인 우리가 그들에게 무서운 존재요, 징그러운 대상이 될 수도 있음을 생각해본다. 그들도 자연의 구성원으로서 자기의 주어진 역할에 최선을 다해 살아가고 있는 것이라고 치열하게 살아가는 우리의 삶과 조금도 다름이 없을 거라고 말이다. 절대적 강자가 따로 없고 서로 공존하며 더불어 사는 거라고, 문득 그런 생각을 해보는 아침이다.

명향기

허물없이 만나는 사람들, 글 쓰는 일, 기도하는 일,
모두가 기쁘고 감사하다.

약력

서울 출생. 『한국수필』로 수필 등단. 계간 『시선』으로 시 등단. 한국문인협회, 한
국수필가협회, 한국수필작가회, 문학의집·서울 회원. 별빛작가회 회장 역임. 시
계문학회 회원. 용인문인협회 회원. 제1회 한국수필독서문학상 최우수상 수상.
2019 용인문협창작 지원금 수혜. 저서 : 수필집 『달빛 그림자』 『간격의 미』

경계

피아노 소리가 맑게 울리는 고즈넉한 밤. 곧 12시가 되려는 시간이다. 어제와 오늘의 경계에서 양발을 벌려 한 발씩 두 곳에 걸쳐 본다. 발을 한곳에 모으는 순간, 아니 초침과 시침이 겹치는 순간 일력을 넘어 오늘이 되었다. 어제는 뒤로 물러나고 새로운 날이 베토벤의 피아노협주곡 3번에 실려 열리고 있다. 경계란 무엇일까. 이념의 장벽을 넘는 순간 명령 하나로 폭탄이 떨어지고 당적을 바꾸는 순간 어제의 동료가 적이 된다. 트럼프가 판문점에서 남과 북의 경계선을 넘는 장면이 세계의 이목을 집중시켰다. 경계는 자연스레 피고 지는 들풀처럼 저절로 돌아가는 물레방아가 되기도 하고 질서를 파괴하는 엉킨 실타래가 되기도 한다.

비행기를 타고 지구에 그어놓은 선을 넘어 오늘의 한국에서 어제의 미국으로 넘어가면 시침과 분침을 새로이 맞추어야 한다. 땅의 높낮이에 따라 그어놓은 해발 미터를 고려하여 얇거나 두꺼운 옷을 준비하기도 하고 생물의 습성을 알아보기도 한다. 바다와 하늘과 땅에 그어놓은 선을 서로 잘 지키면 평화로운 세상이 되지만 경계를 변경하거나 무시하려 하면 분쟁과 포화가 터지게 된다.

내리던 비의 경계를 지나던 날이 있었다. 어릴 적 선생님의 손을 잡고 시골 교회에서 특송을 부르기 위해 차에서 내려 시골길을 걷던 중이었다. 비의 경계를 만나 한 발은 비가 오는 쪽에 다른 발은 비를 맞는 쪽에 서는 체험을 했다. 다른 발이 있는 쪽은 오래도록 비가 오지 않았는지 땅도 뽀송하게 말라 있었다. 주변을 살펴보니 이쪽 채소들은 비를 먹으며 목을 곤추세우고 있는데 다른 쪽은 머리가 무거워 축 늘어져 있었다. 어린 나이에 처음 겪는 일이라 신기하기도 하고 당황스럽기도 했다. 그날은 하나님의 은혜로 오곡이 무르익어 풍성하다는 내용의 주님을 찬양하는 노래를 하게 되어있었다. 노래를 부르면서도 왜 하나님은 은혜를 골고루 내리지 않는지가 의문이었다.

처음 양평으로 이사 갔을 때 산 밑으로 이어진 시골길을 자주 산책하곤 했다. 두어 마지기 됨직한 논 너머에서 흐르는 개울물 소리가 이쪽까지 들릴 정도로 물이 많았고 산책길 옆 실개천에서도 산에서 내려오는 물이 봄부터 늦가을까지 마를 날이 없었다. 산 밑으로 하나둘 집이 들어서면서 너도나도 땅을 파 지하수를 뽑아내더니 십 년이 못 되어 물소리는 잦아지고 개울에 사는 반딧불이도 줄어들었다. 함께 공유해야 하는 물이 경계 없는 자연의 물이라는 마음으로 모두가 거리낌 없이 마구 뽑아 써댄 결과다. 지하수가 마르면 산에 있는 나무도 뿌리가 버틸 힘이 부족하여 잘 쓰러지고 흙도 쉽게 허물어져 산의 모습도 변한다. 앞을 내다보며 아꼈으면 좋으련만 생활하는 데 곤란이 닥치고야 깨닫는 것이다. 보이는 경계도 중요하지만 보이지 않는 경계는 금방 결과가 나오지 않기에 정직한 마음의 움직임이 상생을 가져올 수 있음을 새삼 깨달았다.

자연은 인간이 간섭하지 않으면 서로 자정 능력을 발휘하며 건강한 생태계를 유지하다 숲도 땅속에서 피고 뿌디노 소통하며 건강한 숲을 만들어간다는 것을 페터 볼레벤은 그의 저서 『나무수업』에서 알려줬다. 가장 고유의 생태계라고 자랑하던 갈라파고스가 관광객을 무제한 받아들이면서 그곳에서만 볼 수 있던 생태계가 마구 파괴되어 가는 모습을 영상을 통해 보았다. 관광객이 버린 쓰레기로 바다 밑이 화석화되어 해초가 사라지고 물고기도 적어졌다. 해초를 먹고 사는 바다 이구아나는 먹이가 사라지자 멸종되어가는 생물 리스트에 올랐다. 상위의 포식자인 인간이 자신도 자연의 일부임을 잊어버리고 인간과 자연과의 최소한의 경계도 무시한 채 자연을 훼손한 대가가 부메랑이 되어 재앙으로 돌아오고 있음을 벌써 체감하고 있다.

삶은 수많은 경계를 넘나들며 이어진다. 성공과 좌절, 기쁨과 슬픔, 즐거움과 고독, 건실함과 추락… 마지막이 삶과 죽음의 경계이리라. 오늘 살아있다고 내일도 살아있을지는 아무도 모른다. 죽음이 순식간에 덮쳐 침묵으로 데려갈지도 모르니까. 마지막 경계를 잘 넘는 방법도 고심해서 미리 대처해 놔야 할 것 같다. 경계를 무시한 행동이 엉킨 실타래가 되어 파괴된 질서의 늪에 빠지는 것이다. 모두가 경계를 잘 지켜 질서가 유지되고 아름다운 세상이 되었으면 좋겠다. 내 인생의 발걸음에도 매듭이 있거나 엉킨 실타래가 있는지 들여다본다. 초침이 멈추는 날 편안한 마음으로 자연으로 갈 수 있으면 좋겠다. 피아노협주곡의 현란한 소리가 가슴을 두드리며 하루를 연다. 어둠을 지나 새벽 안갯속에서 살포시 꽃잎을 벙그리는 연꽃을 닮고 싶다. 긴 하루를 보내고 경계를 넘어와 싱그러운 대기가 미소 짓고 가슴이 꽃처럼 피어난다. 오늘도 사랑하는 마음으로 꽃잎을 활짝 펼쳐야겠다.

나만의 작은 섬
- 이태리에서 돌아오는 비행기 안에서

지구에 떠 있는 하나의 섬이 되었습니다. 뭍을 떠나 표류하는 마음이 모여 하나의 섬이 되었습니다. 마음을 떠난 마음이 바다 위를 표류하다 마모되고 연마되며 따뜻한 모래를 머금고 반짝이는 포근한 섬이 되었습니다. 그리움을 찾아 날고 있는 바닷새의 안식처가 되었습니다.

가슴을 떠난 마음이, 상처받고 찢긴 마음들의 안식처를 찾아 긴 항해를 하며 표류하다 한곳에 모여 햇빛을 받아 반짝이는 그리움이 되었습니다. 섬은 서로 붙어있을 때 더 이상의 섬이 아니듯이 내 마음의 섬은 더 이상의 가지를 허용치 않습니다. 철저히 독립된 개체로 소박한 행복이 넘치는 나만의 섬이 되었습니다.

뭍에서 멀어진 만큼의 평화가 찾아옵니다. 바닷물이 섬에 부딪쳐 물보라를 일으키며 갈라지고, 갈라진 틈새에서 파도의 웃음소리가 들립니다. 웃음소리에 떠밀려 나도 모르게 흥얼거리며 바닷가를 걸어봅니다.

바닷새가 머리 위에서 눈웃음을 던지고 넘어가는 석양빛을 받으며 잠들었던 별들을 깨웁니다. 잔잔한 파도가 피아니시모로 소곤거릴 때 물결 위에서 반사되는 빛의 조각들이 너울거립니다. 얼굴 위로 바짝 내려온 별들이 내 마음을 노크합니다.

나는 지금 하나의 작은 섬이 되어 물결 따라 흘러갑니다. 하나의 섬이 되어 나의 내면을 드러내어 놓고 발가벗은 나를 들여다봅니다. 아직도 벗지 못한 지난 세월의 상처를 자꾸만 되삭이며 파도처럼 자주 꿈틀거립니다. 멍든 상처를 소금기 어린 바닷물에 적셔 우려냅니다. 발가벗은 하얀 내가 되어봅니다. 아직도 미련이 많은 모양입니다. 아직도 비우지 못했나 봅니다. 그럴 때마다 작은 섬은 조금씩 출렁이며 나의 미련을 깨웁니다.

그리움을 가득 안은 바닷새가 나의 가슴으로 들어와 그의 따뜻한 체온으로 나를 녹입니다. 나의 미련이 부끄럽습니다. 주님께 나의 옹졸함을 고백합니다. 내려다보는 주의 얼굴이 안쓰러운 듯 바라봅니다.

나는 오늘 지구를 떠다니는 하나의 섬이 되었습니다. 따뜻한 모래를 머금은 반짝이는 포근한 섬이 되었습니다. 가벼워진 나의 마음을 싣고 바닷새의 안식처가 되어 함께 노래부릅니다.

섬에서 바라보는 뭍의 그림자는 모두가 그리움입니다. 그리움 속 무늬는 언제나 아름답습니다. 섬에서는 뭍에서 멀어진 만큼의 소박한 행복으로 나만의 나가 될 수 있습니다. 긴 항해 뒤의 포근한 안식을 파도를 벗 삼아 누려보려 합니다.

나는 오늘 바닷새가 쉬어가는 포근한 섬이 되었습니다. 미련과 상처를 씻어내고 그리움만을 안은 평화로운 섬이 되었습니다. 행복한 나날을 반짝이는 모래와 함께 노래할 것입니다. 나는 오늘 깨어나고 싶지 않은 나만의 작은 섬이 되었습니다.

명순이

언제부턴가 그니는 명순이가 되었다. 멍하니 정신을 놓고 앉아있는 일이 많다 보니 자연스레 명순이로 불리게 되었는데 자신도 그 애칭이 싫지 않은 듯 명순이를 호신술이나 되는 것처럼 자주 사용하곤 한다. 가끔은 시간의 흐름을 인식하지 못하여 옆에 있는 식구를 배곯게 하는 것이 문제인데 그럴 때마다 "명순이잖아요, 때가 한참 지났다고 좀 일러주지 않고요." 하며 어물쩍 배짱을 내민다. 오늘도 그니는 어제의 긴 외출이 가져다준 피로를 핑계 삼아 현실을 벗어두고 지금 혼자만의 여행을 하고 있다.

혼자만의 버릇이 생긴 건 어렸을 때부터이다. 동란 후 온 나라가 궁핍하고 어려울 때 초등학교를 들어갔다. 한 반이 육칠십 명이 되다 보니 아이들의 수준도 통일되지 않았고 간단한 것을 이해시키는 것도 가끔은 시간이 걸렸다. 그럴 때마다 그니는 그렇게 멍하니 머리를 비우고 혼자만의 비밀스런 시간을 즐기곤 했다. 집에도 각자의 방이 있을 턱이 없었고 힘들고 짜증날 땐 그런 방법으로 현실에서 도망가곤 하였다. 필요하다면 상대를 보고 웃으면서도 머리는 말갛게 비워두는 경지까지 이르렀기에 아무도 그니가 명순이가 되어있음을 알아채지 못했다. 이런 음흉한 비밀이 있는 줄도 모르고 사람들은 화낼 줄 모르고 잘 웃는 아이라고 말들을 한다.

그니에게는 언니가 둘 있었다. 큰언니는 한없이 착하지만 행동이 느리고 좀 아둔했다. 자식 욕심이 많은 아버지는 큰언니가 맘에 안 차서 자주 눈총을 주고 주눅 들게 했다. 아래로 두 딸은 무엇이든지 가르쳐주면 금방 알아듣고 공부도 잘하여 언제나 두 딸만 예뻐하였다. 중학교도 동생보다 못한 S여중을 다녔는데 그것도 아버지에게는 속이 상하는 일이었다. 무엇이든 비교를 하면서 다그치다 보니 날이 갈수록 큰언니는 더욱더 작아지고 자존감을 상실한 사람이 되어갔다. 모든 일을 동생과 비교하고 행동이 느리다고 꾸지람을 하니 자신이 없어진 큰언니는 무엇이든 선뜻 나서지 못하는 얼간이가 되고 말았다.

어머니가 그니 밑으로 십 년이나 늦은 늦둥이 아들을 낳았다. 늦게까지 산후조리해 줄 사람이 없자 고등학교에 들어갈 나이인 언니가 방학을 틈타 시중을 들게 되었고 그러다 고등학교 입학 시기를 놓치고 말았다. 그 일도 아버님이 적극적으로 그 문제에 개입하지 않았기 때문에 일어난 불상사일게다. 그리하여 중학 졸업생이 된 언니는 작아질 대로 작아진 상태로 어머니를 돕는 착한 아이가 되었고 그것이 가슴 아픈 어머니는 착한 딸이 아픈 손가락이 되어 평생 한이 되었다. 학교에서 돌아와 작아진 언니를 볼 때면 아버지가 원망스러워 갈등이 일어나곤 했지만 작은언니와 그니에게는 한없이 자상한 아버지였다. 그니는 그런 언니와 아버지를 보면서 아버지가 이해 안 될 때마다 멍순이가 될 수밖에 없었고 혼자 서러워 우는 언니를 보며 가슴이 아파 또다시 멍순이가 되곤 했다.

결혼하고 시집 식구를 거느리고 가난한 살림을 할 때도 그니에게는 멍순이가 구세주였다. 시어머님의 한없는 넋두리와 흠담을 들을 때에도 한 마리의 하얀 나비가 되어 원하는 곳으로 훨훨 날아가기도 하고 FM 라디오를 틀어놓고 자신의 내면 깊은 곳으로 빠져들기도 하였다. 물론 적당히 추임새를 넣으며 대꾸도 하면서 말이다. 어려서부터 갈고 닦은 멍순이의 효력이 이렇게 유용하게 쓰일 줄이야.

아무 때나 명순이가 될 수 있었기에 혼자만의 시간을 좋아하고 즐기는 사람이 되었다. 자신과 끝없는 대화를 하느라 특별할 것도 없는 세상을 미워하지 않아도 되어 모든 일에 긍정적인 사람이 될 수 있었다. 그니는 지금도 명순이란 호칭에 거부감은커녕 오히려 즐기는 듯하다. 명순이가 되어 상상의 나래를 펴고 자기만의 여행을 하다 보면 나이도 잊은 채 무엇이든 다 할 수 있을 것만 같은 착각에 빠지기도 한다. 소설 속 이야기 속으로 빠져들어 시공을 넘나들기도 하고 꿈속에서도 그것을 이어가며 내 맘대로의 이야기를 만들기도 한다.

명순이 주변에는 말도 안 되는 낙서가 여기저기 산만하게 널부려져 있다. 어느 날은 그 낙서가 자극이 되어 글이 되기도 하고 추억 속으로 들어가는 열쇠가 되기도 한다. 때로는 머리를 하얗게 비운 진공 상태로 몇 시간을 앉아 있기도 한다. 그것도 재주라면 재주이고 병이라면 병이리라.

아카시꽃이 한창인 오월의 어느 날 착한 큰언니는 심장마비로 홀연히 떠났다. 누구에게나 존재 이유는 있다고 말들 하지만 나는 아직 큰언니를 데려간 님의 뜻이 무엇인지 잘 알지 못한다. 어쩌면 사랑의 눈길이 얼마나 중요한지. 모든 대상을 있는 그대로의 모습으로 사랑할 줄 알아야 한다는 것을 깨우치려 함이 아닐까. 아버지뿐이 아니라 나도 큰 관심과 사랑을 주지 못하였음을 알기에 언니를 생각하면 지금도 가슴이 아리다.

아마도 그니는 지금 명순이가 되어, 아카시 향이 진동하는 의암호 강둑을 걷고 있는 듯하다. 어쩌면 어쭙잖은 순수로 머물렀던 큰언니의 속살에 닿고 싶은 건지도 모르겠다. 햇빛을 받아 반짝이는 물비늘이 바람에 실려 오는 아카시 향을 만나 세상을 하얗게 씻어내고 있다. 뽀얀 꽃잎이 사르르 강가에 흩어지고 덤불 속에 숨어있던 꼬마 물떼새들이 여기저기 자리를 옮기며 행복한 노래를 부르고 있다. 재주이든 병이든 나는 멍순이로 있을 때 마냥 행복하다.

윤문순

새로운 시작은 언제나 두렵다
그래도 용기 내어 한 줄 한 줄 풀어가는 지금
이 순간, 나를 찾는 여행에 마음이 설렌다

시

시간 속에서
긴 밭고랑 지나
길
잃어버린 시간
들여다보기

약력

대전 출생. 시계문학회 회원.

시간 속에서

뜨거운 태양, 황금빛 모래 언덕
어린 왕자 지나간 자리 남겨진 발자국
소리 없이 불어온 바람 소리에 흩어진다

잿빛 하늘 가득 채워 세상을 덮고
눈이 시리도록 하얀 눈 위에 새겨진
플란다스 개와 어린 소년의 발자국
따스한 햇살 한 줌에 사라진다

묵직한 배낭, 부르튼 발가락의 아픔
산티아고 순례자의 무거운 발걸음
흔적을 남기지 않고 쏟아지는 빗줄기에 묻힌다

마주 앉은 거울 속에 비쳐진 서리 내린 머리
주름진 손마디에 그려진 나의 길
빛바랜 사진첩에 사진 한 장, 가슴 한켠 겹겹이 쌓아둔 추억
나 아닌 누군가 기억 속에 소박하게 남아있을까

오늘 나는 시를 쓴다
잊혀지지 않을 발자국 하나 남기기 위해

긴 밭고랑 지나

봄 향기 가득 담은 딸기 한입 가득 베어 물고
환하게 웃음 짓던 얼굴

여름날 시원한 열무김치
큰 양푼에 가득 비벼 내밀던 투박한 손

차가운 손 조용히 끌어당겨
조용히 품어 주던 따뜻한 가슴

어느 겨울 아침
예고 없이 떠나신 나의 어머니

오늘도
사랑한다는 말 가슴에 묻고 소리 없이 불러본다
어. 머. 니.

길

길을 잃었다
처음부터 있지도 않은 길을 걸었는지도 모른다
끝없는 캄캄한 터널 끝 보이지 않는 빛

길 찾는 몸부림은 떨어지던 빗줄기처럼 더 깊은 나락으로 흐른다
조급함, 불안, 메마름, 가지 않은 길에 대한 미련들, 거센 물살에 흔들리는 종이배 움켜잡은 손, 불안한 걸음 속사포처럼 쏟아낸 원망, 밖으로 밖으로

석양이 물들어 붉어지는 시간 물 속에 비친 나를 본다
흙탕물 속 숨 쉬던 물고기 한 마리, 이제는 풀숲에 몸을 맡긴다

내가 만든 길 위에
내가 가야 할 새로운 길 찾으며

잃어버린 시간

오후가 되어도 안개는 걷히지 않는다

섬에서 시작된 안개는
온 도시 구석구석에 뿌옇게 물들었다

가벼운 깃털의 분주한 움직임은 끊임없이 가짜 뉴스를 만들고
새장 속에 갇혀 숨죽이던 앵무새들
슬며시 문 열고 나와 온 도시에 실어나른다

썩어버린 나무 속에 숨어 있던 온갖 벌레들
사람들 마음속 불안을 갉아먹으며 세를 불린다

피어 보지 못한 꽃들

벌판을 가득 채우던 뜨거운 심장 소리
꾸며진 까마귀의 화려함에 눈멀어
먼지가 되어 흩어지고 흐르는 강물에 묻혀 버렸다

반복된 거짓과 사과를 모르는 사람들

진실을 애써 외면하고 부정하려는 사람들
옳고 그름을 판단하지 못하는 사람들의 생각은
시간이 흘러도 변하지 않고
영상을 타고 점점 더 커지고 빠르게 퍼진다

안개는 더욱 짙어지고
지나온 발자국, 속절없이 지나간 시간
깃털을 빼앗긴 새들의 울음은 소리 없는 통곡으로 변한다

나와 너, 잃어버린 우리
기억할 시간들

들여다보기

상처 입은 마음에 피가 흐른다

버드나무 가지처럼
축 처진 어깨를 늘어뜨리고 휘적휘적 걷는다.

어지러운 마음속에
휘몰아치는 바람 소리

눈을 감고 가만히 들여다보니
마음 한켠에 덕지덕지 쌓아놓은 미움
툭하고 떨어져 내린다

상처도 미움도
스스로 만든 덫이었음을

김연옥

그리움이 겹겹이 쌓이면
한 마리의 새가 되어 날아볼까
내 십자가를 지고–

약력

청추 출생. 시계문학회 회원

절망에서 꽃이 피다

온통 머릿속이 하얗다. 캄캄하다.

실타래가 꼬이고 꼬여 풀지 못한다.

가위로 자를까?

풀려고 지혜를 찾아 헤맨다

도무지 잡히는 것이 없다

죄 없는 종이만 구겨져 나간다

종이가 무슨 죄야 종이가 화를 낸다

다시 적어 본다

싸움이 끝난 걸까

전쟁이 끝난 걸까

한 자 한 자 종이 위에 채워진다

위태롭다

그 순간 열어놓은 창문 속으로 새 한 마리 들어와

입에 물고 있던 카드 한 장 떨어트리고 간다

예쁜 카드다

그녀는 무어가 생각나

적어가기 시작한다

실타래가 풀렸나 보다.

수국

호숫가 수국 꽃밭에 여름이 걸어와
자주, 하늘, 홍색으로 옷을 갈아입는
꽃들이 새, 나비, 벌과 소곤거린다

아버지

그리움이란 선물 남기고
어느 여름 먼 길 떠나기 전
세 송이 꽃들에게
무지개 띄어주고

슬픔, 피눈물 이겨내라고
탐스러운 꽃향기 진하게 피워준다

마음 펄럭일 때면
깊은 서랍 속 열며
쌓고 쌓으며 돌탑을 만든다

세월의 흔적은 남고
아버지가 그립다

안개산

이른 새벽
대지산은 비단결 이불 속에 점령당하고
서서히 걷히면서
형상이 나타나기 시작한다

마음은 그리움 목마름 되어
눈물비가 점령하고
웃음꽃 잎새 하나씩 베일을 벗겨
꽃이 핀다

산은 침묵하고
고요 속에 묻혀 바람을 불러 모은다
새소리는 나뭇가지에 걸려있고
오솔길 따라 계곡물은 노랫소리를 낸다

7일 오 한친 쇼속
언덕 위에 큰 소나무 한 그루 서 있다

분당선

눈이 내리는
창 너머로
지하철이 지나간다

어떠한 만남과 이별을
싣고 가고 있을까

저들 틈에 섞인다

천당역에 잠시 내려
엔젤리너스에서

이버지 만나 그리움을 토하며
커피 한잔 마실까

연가

깊은 잠에서 깨어나
창문을 열고
여름 바람 뜨거운 햇살을 마시고
새들과 함께 바람 속에 들려오는
따뜻한 음성

봄날은 간다
내 마음 깊숙이 들어와
애절하게 울려주는 고운 목소리
그리운 날의 기억
바람이 머물 수 없는 추억의 창
눈물 비 되어 흐르는 사부곡

강물처럼 흐르는 사랑
나와 너로 흐르고
그 사랑은 어르음을 비추는
촛불이 되고 기도가 된다

박화진

닫힌 상자에 그려진 점선 모양 홈을 본다
점선을 따라 살짝만 눌러도
상자를 쉽게 열 수 있는 장치,
누가 처음 상자의 입구에 점선을 그렸을까
점선이 없어도 상자는 열리지만
그 선이 있어야 입구가 생긴다

시

자전거 도로의 점묘화
야간 열차가 뜬 밤
뒷모습은 많은 그리움이다

약력

순천 출생. 명지대학교 문예창작학과 졸업. 프랑스 파리 I.E.S.A History of Art 수학. 시계문학회 회원. 용인 처인구 시낭송협회 회원. 현) 용인 로드맵 국.영.수 학원 원장.

자전거 도로의 점묘화

아직 숫자가 적히지 않은 달력처럼 머뭇거리는 아침
나직이 불러서 깨우는 이름 같은 페달
밟는 소리
겨우내 닫혀있던 창문 여는 소리처럼 체인이 사르륵 돌아갈 때
뒤뚱거리던 뒷모습이 처음 땅을 뚫은 봄싹처럼
천천히 꼿꼿해진다

너가 멀어진다
이쪽에서 멀어진 만큼 저쪽 하늘이 너에게 가까워진다

아무리 금속판을 붙인 뒤꿈치로 추는 춤처럼 경쾌하게 쫓아가도
저 등 하나를 따라잡을 수 없다
어떤 바람에도 어깨를 내주지 않는 게 오늘의 목표인 것처럼
뒤로 스쳐가는 마을의 지붕을 잊는 게 아침의 미덕인 것처럼
쉴 생각 없는 바퀴가 땅을 연신 밀어내면
머리칼은 살면서 한 번도 느껴보지 못한 속도로 나부낀다
지난봄
먼 노을한테 갔다 다시 돌아온 민들레 홀씨가
저한테 붙었다 떨어진 것도 모르고

야간 열차가 뜬 밤

멀리 못 간 저녁연기

밤이 오는 길을 지우고

굴뚝 위로 쏟아진 흰 달

같은 밤의 속눈썹 자랄 때

좌석 번호 12C와 12D 사이

좁은 처마 아래 서서 소나기를 보고 있는 사람들처럼

어깨를 다닥다닥 붙인 짐들이

어디로도 뻗을 수 없는 팔을 고이 접고 있다

역과 역 사이

가끔 눈을 떠 고장의 이름을 확인하던 승객들이

기차가 저를 한 칸 땅 위에 잠깐 부릴 때

아직 도착하지 않은 역을 지나친 꿈에서 놀라 깨면

뒤늦게 흘러나온 안내 방송이

어둠 속으로 잦아드는 휘파람처럼 미끄러지는

밤의 복도

가쁜 문이 열리고 도착한 새벽은

지나온 길을 기억하는 비처럼 서늘한데
수취인 불명의 봉투를 뜯듯
누군가 가볍게 열어젖힌 창문에 들이친 이름이
창문 위로 흘러내린다

뒷모습은 많은 그리움이다

망시리에 걸린 노을
닻돌에 달아 내릴 때
물숨 사이로 빠져나가는
시간을 모은다

물갈퀴 사이로
숨을 참는
포말

테왁이 흔들리면
떠내려가지 않게
서로

한 번씩
떠올려 주기로 하자는 약속만
무겁게 매달고
더 깊은 길로 내려갈 때
숨비소리 한 번에
가뿐히 떠올라라
밀려왔다 거기 앉는 휘파람처럼

누구나 자기만의 숨이 있고 *
그 숨만큼 바다에 들어갈 수 있지

세월이
파낸 물 속의 동굴
만큼
비었다 채워지는
파문

바다는 덜 말라서 잠들지 못하고
모래는
억만 겁 깎여

더 많은 모서리를 버리려고 한다
깨어 있는 바다 위에 예순 넘은 해녀가 잠깐
몸을 기댄 테왁처럼 힘센 것은
없다

여기서부터 먼 바다라고 선을 그으면
따개비는 바다 너머 가려고
후미진 선체에 몸을 붙이고
만선 옆구리에
인두처럼 찍힌 낙조는
벌어진 하늘 속으로 뛰어든다

* 다큐 영화 〈물숨〉 중 해녀의 대사

탁현미 임정남 이순애 김옥남 손거울 박옥임 최완순 이홍수 김복순 이개성 심웅석 강신덕 김점숙
이중환 김세희 김은자 김근숙 최레지나 유태표 김숙자 명향기 윤문순 김연옥 박화진

시계문학 열두 번째 작품집

오래된 젊음

시계문학 열두 번째 작품집

오래된 젊음